MESSAGE REÇU

La collection NOIR *est vouée à la publication d'ouvrages de littérature fan-tastique (mystère, suspense, thriller, horreur, policier, espionnage, science-fiction) d'auteurs québécois. Déjà publiés dans la collection* NOIR:

- NOIR: Horreur
  La Porte, Marc Godard
  Hautes-Brumes, Wilshcocqkst
  5150 rue Des Ormes, Patrick Senécal
  La maison des sacrifices, Clément Tremblay

- NOIR: Mystère
  Le miroir aux assassins, Marc Lessard

- NOIR: Policier
  Bon voyage M. Le Garett, Jab
  Le Garett, L'affaire Robin, Jab

- NOIR: Thriller
  La sphère, Lou Ananda

La collection L'autre NOIR *est vouée à la publication d'ouvrages de lit-térature fantastique (mystère, suspense, thriller, horreur, policier, espionnage, science-fiction) d'auteurs d'origine autre que québécoise. Déjà publiés dans la collection* L'autre NOIR*:*

- NOIR: Thriller
  La souricière, Philippe Margotin

CHRISTOPHE BOURSEILLER

MESSAGE REÇU

■ **L'autre NOIR** THRILLER

Guy Saint-Jean
ÉDITEUR

SPENGLER

Données de catalogage avant publication (Canada)

Bourseiller, Christophe, 1957-
Message reçu
(L'autre Noir, Thriller)

ISBN 2-89455-004-9
I. Titre. II. Collection.

PQ2662.097M47 1995   843'.914   C95-940556-9

Illustration de la page couverture: Jean-Guy Meister
Conception graphique: Christiane Séguin

Dépôt légal 2e trimestre 1995
Bibliothèques nationales du Québec et du Canada
ISBN 2-89455-004-9

DIFFUSION

FRANCE
Distique S.A.
5, rue du Maréchal Leclerc
28600 Luisant
France
37.30.57.00

SUISSE
Transat s.a.
Rte des Jeunes, 4 ter
Case postale 125
1211 Genève 26, Suisse
342.77.40

BELGIQUE
Diffusion Vander s.a.
321 Avenue des Volontaires
B-1150 Bruxelles, Belgique
(2) 762.98.04

AMÉRIQUE
Diffusion Prologue Inc.
1650, boul. Lionel-Bertrand
Boisbriand (Québec) Canada
J7H 1N7
(514) 434-0306

GUY SAINT-JEAN ÉDITEUR INC.
674, Place Publique, bureau 200B
LAVAL (Québec) CANADA H7X 1G1
(514) 689-6402

Imprimé et relié au Canada

À la mémoire de Junius F.

À mon père

MARDI 1er JUILLET

Les lumières s'éteignirent, puis se rallumèrent.

Après quelques instants de stupeur, la salle brusquement réveillée clapota de vagues applaudissements mollassons. Les deux comédiens polonais vêtus de sacs en plastique saluèrent sans sourire, avec les mêmes gestes mécaniques et faux qu'ils avaient prodigués durant tout le spectacle. Ils ne furent pas rappelés. Le théâtre des Bouffes du Nord était aux trois quarts vide. Joseph Frey s'étira paresseusement et raidit les jambes.

C'est alors qu'une douleur atroce et fulgurante le vissa à son banc de bois. Il se mordit les lèvres pour ne rien laisser paraître du tourment qui l'assaillait. De fines gouttes de sueur naquirent sur son front doré par un récent bronzage. Il ne put retenir l'esquisse d'un gémissement, qui s'insinua entre ses dents serrées, mais ne fut heureusement remarqué de personne. La honte ne se mêlerait peut-être pas à la souffrance.

« Je suis bloqué. »

L'évidence le frappa et il faillit sourire. Comment allait-il se relever ? Il venait de passer trois bonnes heures sur un siège dépourvu de dossier. Il n'en fallait pas plus pour ranimer le feu. Joseph venait d'assister à un spectacle de Tadeusz Kantor sur l'absurdité des guerres en général et de la vie en particulier. L'intrigue pouvait se résumer ainsi : fatiguée de pousser un Caddie en pleurant, une vieille Polonaise finissait par inviter à dîner un détachement de l'armée Rouge composé d'invalides psychopathes, qui improvisaient, en son honneur, une sorte de comédie musicale dépressive. Moralité provisoire : n'y avait-il pas une secrète connivence entre les Caddie des supermarchés et les fauteuils roulants des invalides ? Vrillé par son lumbago, Joseph crut qu'il allait défaillir. Ses muscles étaient entrés en fusion.

Brigitte ne l'aida pas. Sans un mot, sans un sourire et sans l'ombre d'un regard, elle gagna tranquillement la sortie. Elle n'était guère réputée pour son altruisme. Après avoir traversé un mur de douleur, il finit par se mettre debout, et claudiqua en serrant les dents jusqu'au boulevard Barbès. La nuit était étrangement douce. La touffeur avait fait place à un semblant de fraîcheur. La légèreté de l'air donnait des envies de péché, d'insomnie active, d'errance guidée.

Il se planta devant la jeune fille et croisa son regard indifférent. Il allait lui dire quelque chose de définitif, lorsqu'un bruyant cortège déboucha devant eux. Cinquante ou soixante manifestants, menés par un jeune marquis néoromantique en jabot de dentelle et bas blancs, brandissaient des drapeaux tricolores et s'égosillaient en cadence : « Mitterrand Président ! », ou encore : « On a ga-gné ! ». Une jolie fille en minijupe blanche grimpée sur le capot d'une voiture dominait l'ensemble d'une voix stridente à l'accent précieux : « La-Gauche-a-ga-gné ! »

C'était l'été 1981. La gauche venait effectivement de parvenir au pouvoir, et Paris ne cessait de retentir de slogans. On ne pouvait faire trois pas sans tomber sur un joyeux défilé célébrant à grands cris l'ère nouvelle qui semblait alors s'ouvrir.

Indifférents au tumulte, Joseph et Brigitte se dévisageaient comme on se défigure. Chez l'homme, on lisait la lassitude et le blindage de l'habitude, la reconnaissance silencieuse des *scenarii* déjà vécus. Quant à la prunelle féminine, elle disait tout à la fois la fin du voyage, l'ennui déjà bien installé, un vague dégoût flottant et l'imminence de la bovarysation.

Ils rompirent au « Terminus Nord ». Il mangea des tripes, elle une grillade. Ils eurent l'un pour l'autre d'étranges égards. Ils se complimentèrent pour ne pas se haïr. Chacun avait à cœur d'éviter à l'autre de trop souffrir. Ces deux routiers du sentiment savaient pertinemment que leur idylle printanière n'avait guère de chance de survivre à l'été. Y avait-il jamais eu quelque amour entre eux ? Plutôt un bref instant de chair, la découverte fulgurante d'un corps étranger, suivie de son oubli insouciant au rythme des rencontres et du passage à l'heure d'été.

Brigitte était une femme de dix-neuf ans. De la vie, des méandres du cœur, et en un mot, des hommes, elle croyait bien sûr tout savoir. Elle était grande et délicate, avec un visage fin qu'encadraient de longs cheveux châtain de petite fille modèle. Sa peau était blanche, douce, et il émanait d'elle un je-ne-sais-quoi de slave. Elle voulait être chanteuse et venait de réaliser une affligeante maquette disco qu'elle s'obstinait à écouter devant Joseph. Hypocrite et pervers, l'homme faisait semblant d'apprécier l'inepte chansonnette et les couplets susurrés d'une voix pseudo-sensuelle pour mieux palper ensuite sa récompense, le derrière frais et les seins pommelés. Il aimait par dessus tout cueillir à la bouche un baiser au goût de fraise et de lait. Mais ce soir, la boue n'attendait qu'un instant d'inattention pour déferler. Elle ne vint pas. A l'issue de ce curieux dîner échoué dans la diplomatie, les deux futurs ex-amants s'embrassèrent sagement sur les joues, comme de jeunes collégiennes catholiques n'osant pas redoubler leurs bises, de peur de tomber enceintes.

Joseph coiffa son casque intégral et enfourcha son énorme Harley-Davidson noire. Il allait partir. Son regard croisa une dernière fois celui de la jeune fille.

Il lui sembla y lire... de la pitié. La douleur lancinait. Son dos lui faisait parfois penser à un champ de ruines fumantes. Tout au fond de lui, un étrange sentiment de honte se réveilla. Joseph Frey possédait une coûteuse Harley qu'il avait fait importer d'Amérique. Plutôt grand et mince, il était chaussé de santiags soigneusement éculées et moulé dans un jean maintes fois délavé. Il portait un tee-shirt immaculé et ses longs cheveux raides lui tombaient artistiquement sur les épaules... Le tableau moderne était presque parfait. Mais la gravure de mode souffrait d'un défaut rédhibitoire : la belle tignasse soigneusement entretenue était grise. Et l'altier visage du chevalier mécanique était sillonné de rides. Car le motard esthète qui passait de Kantor à la bécane n'était autre qu'un vieil homme de soixante-trois ans, que les rhumatismes minaient et que la solitude cernait. Il pensa à ses mains pécheresses et se sentit souillé. Brigitte continuait à le regarder d'un œil de grande sœur vaguement attendrie. Il passa la première et s'arracha du bitume en déchirant l'air. Son casque noir lui donnait des airs d'ange de l'enfer. Il ne la revit plus.

Minuit sonna au loin. Les rues étaient presque désertes. Faubourg Poissonnière, des types en blouson collaient des affiches artisanales : « Ni droite, ni gauche, ni dieu ni maître ». Joseph ne ralentit que lorsqu'il atteignit la rive gauche.

Pourquoi fonçait-il? Avait-il peur? Il venait pourtant d'offrir à la jeune Brigitte la plus pépère et la plus ronronnante des scènes de rupture. Il sentit une vague de chagrin le traverser, vite, à la hauteur de Notre-Dame. Non, il n'avait aucun droit sur elle. La différence d'âge était trop implacable. Il devait déjà s'estimer heureux d'avoir pu toucher un instant son jeune corps.

Joseph Frey appartenait à la race très particulière des oubliés du destin. Sa vie, il l'avait passée dans une petite ville de province, au charme médiéval et à l'ennui royal. Véritable slalomeur de l'esquive, il avait, tout au long de son existence, réussi à craindre les tempêtes et à éviter les avalanches. Un homme prudent. En 1939, il avait vingt et un ans. Mobilisé comme tous ses camarades, il se fit ramasser sans combattre par une brigade allemande et passa toute la guerre entre parenthèses, dans un stalag sinistre de Bavière, où il eut tout le temps de lire *Guerre et Paix* puis *Vingt Mille Lieues sous les mers*. Il ne fut libéré qu'à l'âge de vingt-six ans, avec le sentiment amer d'avoir gâché sa jeunesse, sans avoir pour autant vécu l'enfer des camps. Il n'était ni héros ni rescapé. Rien qu'un troufion à la Bourvil épluchant des patates dans un stalag allemand. Un numéro vite oublié.

En 1950, il épousa la charmante fille d'un notaire cossu et ouvrit une librairie scolaire à quelques mètres de la cathédrale de Poitiers. Dès lors, sa minable existence ressembla à un long fleuve mollasson. Il n'y eut ni cassure ni miracle, jusqu'au jour de 1973 où Martine, la femme, l'épouse, se tua dans un accident de voiture. Nul ne comprit jamais pourquoi elle avait oublié de tourner dans un virage. Ses deux fils étaient grands. L'un était docteur de campagne, l'autre jouait du sax. Un soir, Joseph se regarda longuement dans la glace qui surplombait la cheminée du salon, où personne n'allumait jamais aucun feu de peur d'éparpiller les cendres. Le lendemain, il mettait en vente sa boutique et montait à Paris avec vingt ans de retard.

Il acheta une galerie près du trou des Halles, un quartier cerné de palissades et planté de grues, que l'on disait promis à un grand avenir commercial. « Casablanca » était née, et Joseph devint tout naturellement un galeriste d'avant-garde. Une nouvelle routine le submergea alors, doucement. Chaque saison, il accueillait les artistes les plus déjantés et les plus provocateurs. Le marché de l'art était en pleine expansion et les investisseurs chinaient sans fin, à la recherche de l'oiseau rare qui allait prendre la succession du maître de l'heure, Andy Warhol, dont les tableaux atteignaient des sommets.

« Casablanca » s'ouvrit aux courants les plus nihilistes, les plus urbains, les plus new-yorkais. Quant à Joseph, il se métamorphosa doucement en un vieux play-boy branché. Sa jeunesse perdue dans un stalag, il la vivait enfin dans le Paris des années soixante-dix.

Il était maintenant un clandestin de l'existence, un vivant sans visa. Éternel nageur en dos crawlé, il observait le flot

des passions sans jamais se mouiller vraiment. Il avait toujours été étranger à la notion d'ambition. Joseph Frey était
un homme passif, un méditatif, qui gagnait sa vie sans trop
d'efforts en prélevant sa dîme sur l'œuvre des autres. Il ne
s'intéressait ni à l'argent ni au pouvoir. Au fond, il ne vivait
que par habitude, en consommant modérément l'instant présent. Il aimait l'art contemporain, les femmes, les voyages...
Mais il tentait surtout, et par tous les moyens, de tromper
l'Ennui.

Ce tigre inchevauchable, Joseph ne cessait de le combattre. En pure perte. Il était donc un homme libre. Libre de
s'ennuyer comme un cargo qui sombre.

A la hauteur de l'hôtel des ventes, qui occupait encore
l'emplacement de la gare d'Orsay, il fut doublé par de vigi-
lants policiers motorisés, qui l'observèrent avec suspicion,
avant d'accélérer brutalement. Malgré l'heure tardive, des
manutentionnaires immigrés déchargeaient des meubles
anciens.

Lorsque l'ombre de la tour Eiffel commença à cacher la
lune, il se gara le long du trottoir désert, face au pont du
Trocadéro. Abandonnant sa moto fumante, le jeune vieux
allait s'asseoir sur un banc qui regardait la Seine, lorsqu'une
fille vêtue d'un ample manteau gris et coiffée d'une casquette d'apache s'approcha. Elle avait un drôle de regard
chafouin. Elle fit mine de passer puis se planta subitement
devant lui. Tout arriva très vite. D'un geste ample et théâtral,
elle sortit de sa poche intérieure un petit revolver, le tendit et
tira. D'un seul coup, l'air se glaça... Mais l'arme n'était
qu'un jouet d'enfant. Elle s'enfuit à toutes jambes en éclatant d'un rire qui sonnait faux. Joseph se passa la main sur le
front. Il n'avait même pas eu le temps d'avoir peur.

Il respira profondément l'air frais, puis tendit l'oreille.
Effet naturel de l'heure tardive, le grondement des machines
s'était presque tu. Un silence précaire s'installa peu à peu.
On entendit au loin la sirène d'une ambulance, et ce fut tout.

Un vent nocturne et froid commença à souffler, tandis qu'un vieux *Parisien Libéré* passait et repassait sur le quai, dans un bruit de pages froissées. Il n'y avait presque pas d'étoiles. Joseph frissonna.

JEUDI 3 JUILLET

Mais où était donc passé l'état de grâce ?

La situation était pour le moins irréelle. Depuis le 10 mai, la France était théoriquement gouvernée par une alliance de socialistes et de communistes désireux de changer la vie. Or le phénomène fondamental, c'est que rien de rien n'avait bougé. Paris était toujours Paris, les flics avaient toujours des gueules de flics, et les banquiers des sourires sympathiques de banquiers avenants. Comment y comprendre quelque chose ? Les Français avaient-ils rêvé ? Il y avait bien, de temps en temps, des manifs joyeuses avec banderoles et flonflons, mais rien de plus. La révolution n'avait décidément pas éclaté. Quant au « peuple de gauche », il se contentait d'attendre sagement l'avènement progressif d'une société sans inégalités ni scandales. Le changement dans le calme et la continuité.

Anarchie, créativité et renouveau ne dominaient alors qu'un seul faisceau du spectre. Pour vivre vraiment « la grâce », il fallait allumer la radio. Tout se jouait derrière le rectangle grillagé du transistor. Depuis la victoire de François Mitterrand, une véritable diarrhée verbale s'était emparée de la modulation de fréquence, la F.M.

Jaillies de nulle part, plus de trois mille « radios libres » émettaient à travers la France dans le plus chaotique et le plus invraisemblable des désordres hertziens. Le plus minuscule des villages perdus avait maintenant au minimum deux radios : tandis que le docteur passait ses disques de jazz sur la fréquence des nantis, le cafetier donnait des cours de patois entrecoupés de morceaux disco sur celle des écologistes. Chacun dévoilait ses lubies secrètes et ses manies obsessionnelles dans la tolérance et l'indifférence.

Dans Paris *intra-muros*, l'auditeur égaré pouvait déguster environs deux cent postes, aux noms cabalistiques et parfois même abscons : *Lumière, Mystère, Grand Angle, Tomate, Alpha, Solidarité, La Bulle, K.L.O.D., Cité Future, Ici et Maintenant, Oblique, Montmartre, Paris Actualités, R.F.M., Pom', le Poste parisien, Gilda la Radiopolitaine, Traffic, Décibels, Vocation, Service tour Eiffel, Shalom, Judaïque, Forum, Jet, Boulevard du Rock, N.R.J., Gaie, Ark-en-Ciel, Spectacle F.M., Trois, Treize, Libertaire, Notre-Dame, Tchatch, Amplitude 8, Cocotier, Soleil, Paris, Jazzland, Nova, Cosmos, Mégal'O, Mercure, Ivre, Mirée, Canaille, J, Carol, Carbone 14...*

On aurait pu poursuivre longtemps l'énoncé lettriste des F.M. de 81. Détail révélateur : on ne dénichait dans la liste qu'une infime poignée de vrais pros. La plupart des nouveaux radioteurs avaient dans le civil une autre occupation. Mais de neuf heures du soir à huit heures du matin, ils se défoulaient en une véritable orgie de paroles désordonnées, de délires et d'imbécillités. Vingt-quatre heures sur vingt-quatre, la F.M. bouillait, écumait, écopait. Liberté totale, transgression douteuse, rien à dire, tout se mélangeait, se conjuguait, s'accumulait, s'annihilait. Les radios n'avaient ni fric, ni bandes, ni disques. Mais elles se débrouillaient tant bien que mal, et multipliaient les coups fumants. *Gilda* avait par exemple réussi à émettre depuis l'Afghanistan en guerre contre l'Union soviétique. *Mégal'O* avait décidé un soir de pirater *Radio France*. Elle s'amusa donc à rediffuser *France Inter* sur son antenne, en agrémentant les programmes officiels de comptines paillardes ou paysannes, qu'un animateur maison glapissait au micro : « Jeanneton prend sa faucille, pour aller cueillir le hooooux... »

Il y avait partout et toujours de merveilleux incidents techniques. Les micros tombaient en direct des tables bancales... De prodigieux et intempestifs sifflements des haut-parleurs venaient briser les tirades poussives et raccourcir les bégaiements de jeunes speakers pleins de bonne volonté... Dieu, qu'ils étaient vaillants, les nouveaux « èfemistes » ! Ils bredouillaient, bafouillaient, zézayaient, chuintaient, rotaient, pétaient, bavaient et s'engueulaient à longueur de programme.

L'auditeur devenu explorateur kamikaze ne savait jamais sur quelle bande de vrais psychiatrisés il allait tomber. Tourner le bouton du transistor revenait à plonger dans l'inconnu.

Un soir, on entendit un dîner mondain, diffusé en direct par un convive facétieux. *Pom'* eut une autre idée goûteuse. Quelques jours après son démarrage historique, la jeune station décida de partir en vacances. Du jour au lendemain, les programmes poussifs furent remplacés par une cascade d'eau fraîche agrémentée de roucoulements d'oiseaux, qui passa en continu jusqu'au milieu du mois d'octobre. L'auditeur épuisé pouvait ainsi à tout moment se rafraîchir à l'onirique torrent.

Il y avait aussi les solitaires, adeptes du journal intime radiophonique. Leur technique était simple : ils vivaient au micro. Chaque instant de leur banale existence était ainsi diffusé. Que sonne le facteur, et le bruit de la porte d'entrée se répercutait dans les récepteurs.

Tonnerre était le meilleur exemple du genre. On y entendait en continu la vie quotidienne de son P.-D.G.-animateur : tout en se lavant les dents et en faisant griller ses toasts, il évoquait au hasard les rêveries qui l'agitaient. Il recevait comme tout un chacun des coups de fil personnels et en faisait profiter l'auditeur :

« Alors, mardi, on dîne chez Jean-Louis ? Très bien, alors à mardi. Au fait, tu as fait réparer ta voiture ? Et tes bougies, elles vont bien ? »

C'était au fond totalement ethnologique. Précisons que le maître de *Tonnerre* était doté d'une voix grave et rauque d'acteur des années cinquante. Effet sonique garanti.

Mais la palme de l'étrange revint sans doute à ce poste inconnu, qui refusait de dire son nom, et qui passa plus de deux semaines à compter :

« Dix milliards deux cent soixante dix millions sept cent vingt-deux mille trois cent deux, dix milliards deux cent soixante dix millions sept cent vingt-deux mille trois cent trois... », et ainsi de suite, jusqu'à l'apocalypse.

Joseph était depuis longtemps un adepte expérimenté des stations improbables. Naguère, en 74-75, il scannait les ondes courtes, cherchant sans fin quelque antenne de guerre froide qu'il ne connaissait pas. Sa favorite était alors la très kitsch *Radio Tirana*, qui diffusait depuis l'Albanie un message stalinien habillé comme dans les années trente. Chaque premier mai, *Radio Tirana* prenait position en plein milieu du défilé national. Noyé dans les rires et les fanfares, l'imperturbable animateur marxiste-léniniste faisait semblant d'être content. On se serait cru dans une fable de George Orwell.

Lorsque les premières pirates firent leur apparition sur la bande F.M. en 1978, Joseph ressentit un doux chatouillis. Il abandonna immédiatement Tirana pour se poster en embuscade sur la zone 88-108 mégahertz, et ne fut pas déçu. Avant tout le monde, il découvrit *Fil Rose*, *Cent*, *Ivre*, *Génération 2000*, *Paris 80*, et toutes celles qui choisissaient prudemment l'anonymat. Car la guerre faisait encore rage. Officiellement, seules les radios du service public avaient le droit d'émettre. Les clandestines étaient donc systématiquement pourchassées par les patrouilleurs de Télé-Diffusion de France, qui tentaient de couvrir les nouvelles stations au moyen d'assourdissants sifflements de guerre froide. Le brouillage faisait rage. Mais les radios étaient plus malignes que les censeurs. Dès qu'arrivait le « bip-bip » strident de la police des ondes, la victime changeait subrepticement de fréquence. Des nuits entières, radioteurs et brouilleurs jouaient ainsi au chat et à la souris. Et l'auditeur se prenait au jeu, finissant lui aussi par traquer sans fin sa radio favorite.

A partir du 10 mai 1981, le brouillage cessa progressivement. Pour les pionniers, l'heure de la victoire avait enfin sonné. Comme des milliers d'autres clandestins de l'écoute, Joseph se frotta les mains. Chaque nuit, il passa dès lors entre cinq et huit heures à sauter d'une station à l'autre, dans l'espoir de capter un dérapage, un moment fort, une folie ordinaire.

Un soir, il entendit sur *Carbone 14* un couple qui faisait l'amour en direct. Les facétieux potaches radiophoniques avaient circonvenu une prostituée du bois de Vincennes et lui avaient offert une somme modique (mais quelle promotion !) pour faire l'amour sur la table même qui supportait les micros. Mais tout ne s'était pas passé comme prévu. La créature avait bien commencé à se déshabiller hors antenne, mais elle s'était effarouchée de la présence de photographes de presse et avait finalement refusé tout acte public. Déconfits, les animateurs maison n'avaient plus qu'une seule solution : le simulacre. C'est ainsi qu'un homme et une femme, sagement assis devant une table, émirent pendant plusieurs minutes des gémissements de plaisir, tandis qu'un speaker déluré décrivait des scènes imaginaires de tables de mixage croulant sous le poids des ébats.

Une autre fois, Joseph subit sans trop se forcer un curieux feuilleton lesbien : « Roblochon Story ». Une amazone urbaine y décrivait ses conquêtes avec force détails salaces, tandis qu'autour d'elle, quelques amies gloussaient. Ce n'était pas toujours brillant et l'intelligence était parfois en berne, mais la surprise était au coin du bois.

Joseph écoutait la radio d'une façon très particulière. Il

s'asseyait comme pour écrire à un bureau placé contre la fenêtre, sur lequel trônait le poste. Le vieil homme pouvait ainsi zapper des nuits entières tout en contemplant Paris à ses pieds.

Il habitait un studio situé au trentième étage de la tour Reflets, qui domine encore aujourd'hui la Seine, et qui fait face à la Maison de la radio depuis l'autre rive du fleuve. Joseph aimait les cimes artificielles. Au bout de quelques mois d'habitation dans l'appartement ultra-moderne, il l'avait même baptisé son « satellite ». Le lieu était à dire vrai plutôt curieux. Joseph Frey ne l'avait pratiquement pas décoré. Il avait tenu à ce que ses murs immaculés ne fussent pas défigurés par quelque œuvre moderne rapportée de « Casablanca ». Il aimait les arêtes géométriques et les murs crème. L'aspect « hôpital » ne le rebutait point. L'appartement était très peu meublé. Une grande bibliothèque de livres d'art courait sur un des murs. Il y avait un lit double, deux fauteuils de cuir patiné, une table basse sans intérêt achetée chez Habitat, et le coin bureau, face à la fenêtre, face au soleil, face à la lumière parfois aveuglante.

En ce jeudi soir d'été, Joseph souffrait particulièrement de la chaleur. Il rentra de la galerie vers huit heures et consulta son répondeur d'un geste automatique. Brigitte avait-elle appelé ? L'espace d'une seconde éblouissante, il revit ses cuisses douces, ses bras aux attaches fines et son intimité. Mais la machine ne réagit à ses commandements que par une série de clignotements malsains. Puis elle s'éteignit sans crier gare. C'était la panne sèche.

Il se laissa tomber dans un fauteuil et enleva péniblement ses santiags. Une de ses chaussettes trempées de sueur pendouillait. Il se mit pieds nus. D'un geste las, il alluma la radio. Sur *Sept*, un jeune musicien anglais nommé Robert Smith expliquait à un couple d'hurluberlus pâmés et dadaïstes qu'il avait vingt-trois ans et qu'il se sentait déjà vieux. Joseph sourit. Plus tard, un chroniqueur au timbre efféminé lut sur l'antenne une sorte d'hymne à l'amour de Robert et de son groupe, Cure :

« ... et les silences, la grisaille de Cure, font penser à une infection de l'air, au sens que l'on donnait naguère à la peste. Musique contaminante, radio-active, chape de plomb, épaisseur des accords maladroits, neurasthénie, enfin, bref, on adore, quoi ! »

Joseph tourna le bouton. Il contourna *Montmartre*, qui diffusait un jeu, passa rapidement *La Bulle*, où des militants trotskistes ânonnaient un « journal des boîtes » (« A Chausson, les O.S. en ont marre de manger du cassoulet ! Mais que fait la C.G.T. ? »), et atterrit sur 107,8.

Quelque chose le fit tiquer. Il régnait sur cette fréquence éloignée un incroyable silence. Ce n'était pas la neige sonore qui marque ordinairement l'absence de toute émission, mais bien un néant palpable. Comme si un émetteur puissant avait délibérément choisi de diffuser un rien suffisamment fort pour arrêter l'oreille. Une « porteuse ». Le silence de la station inconnue dégageait une aura de repos. Il envoûtait tout en détendant. On ne savait pourquoi, mais on goûtait avec plaisir cette sorte de sérénité sonore, véritable oasis de calme au cœur de l'habituelle tempête urbaine.

Il faisait encore jour. Un hélicoptère passa au loin et l'on entendit fugitivement son vrombissement. Joseph guettait studieusement le silence. Il fallait bien que tôt ou tard démarrât une émission.

A vingt et une heures précises, il y eut la Voix.

VENDREDI 4 JUILLET

Il mit un temps infini à remonter. Il était comme englouti dans la brume. Lentement, la sonnerie s'inscrivit dans son cerveau. Le téléphone n'en finissait pas de carillonner. Il ouvrit un œil aveugle et reprit doucement conscience. Il faisait jour. Joseph n'avait pas de rideaux, car l'obscurité le terrorisait. Depuis son lit, il pouvait maintenant contempler un ciel immobile, chargé d'orages et de pollution. La journée s'annonçait grise, poisseuse.

Il avait perdu une boule Quiès et se mit à tâtonner frénétiquement sous la couverture. Quelle heure pouvait-il être ? Il abandonna sa recherche et agrippa sa montre : neuf heures.

Déjà ? Un sentiment d'urgence et de retard le submergea. Ça sonnait toujours. Il se redressa, arracha le bouchon de cire qui restait vissé à son oreille gauche, le posa sur la table de nuit à côté du verre d'eau à moitié plein et décrocha enfin. Il était vêtu en tout et pour tout d'un tee-shirt *No Future* frappé d'une épingle à nourrice, qu'il avait récemment acheté chez Harry Cover, rue Saint-Honoré. Personne. On avait dû se lasser d'attendre.

Joseph sortit du lit sans trop de difficulté, puis se dirigea d'un pas presque souple jusqu'à la salle de bains. Présage heureux ou simple accalmie ? Nul blocage du dos ne vint l'entraver. Il se sentit donc jeune. La nuit avait imprimé sur ses joues un léger duvet grisonnant. Il s'habilla d'une chemise en jean assortie à son Levi's et chaussa ses éternelles santiags.

Ce matin-là, Paris était ouatée. On pataugeait dans l'air blanc comme dans du coton. Il faisait déjà moite. Le soleil de juillet apparut, mais il était filtré par une mince nappe de nuages aux reflets métalliques.

Petit à petit, la capitale se vidait. État de grâce ou pas, les juilletistes avaient pris la route des congés payés. Mais on n'était plus en 1936, et personne n'aurait songé à encenser le morne exode autoroutier.

La Harley démarra sans problème et la Seine se mit à défiler. Tout en conduisant avec une décontraction très californienne, Joseph repensa à sa découverte, ce qui le fit soupirer d'aise. La vitesse le grisait et le rafraîchissait. A soixante, il faisait délicieusement frais. Il était heureux. Il venait de mettre la main sur une des radios les plus bizarres de la bande F.M. et il en ressentait un étrange contentement de chasseur. Mais pouvait-on sérieusement parler d'une radio ? Il s'agissait plutôt d'un émetteur martien, qui avait l'air de sortir en droite ligne d'une soucoupe volante. Pendant près de trente minutes, une voix étrangère à l'accent indéfini s'était contentée d'énoncer d'une voix neutre une liste de noms. C'était tout simple, mais il fallait y penser. Une excellente idée d'énigme radiophonique. L'auditeur se sentait comme jeté en pleine mer.

Quel était le sens du curieux programme ? Pourquoi ce nom-ci et pas un autre ? Qui pouvaient donc être tous ces zozos ? Quel lien les unissait ? Joseph pensa en vrac à la liste d'invités d'une quelconque boîte de nuit – il y en avait tant et tant –, aux gagnants d'un concours ou à une blague d'étudiants… Et si, au fond, l'inventeur de la station pataphysique avait tout simplement pioché au hasard dans l'annuaire ? Les radioteurs de 1981 étaient capables des facéties les plus hermétiques. Le pire était donc probable. Le curieux « animateur » avait annoncé une reprise des programmes ce soir à vingt et une heures. Joseph se promit d'être fidèle au rendez-vous.

Il arriva au Châtelet et prit le boulevard Sébastopol. Des hordes de touristes en shorts avaient déjà commencé à envahir la zone piétonne qui entoure Beaubourg. On s'interpellait en flamand, en allemand, en anglais. Joseph se gara à l'embouchure de la rue Quincampoix, à quelques mètres du commissariat de police. Cent mètres le séparaient de sa galerie. Encore une journée de paperasses et d'attentes. Il espérait accueillir d'ici quinze jours un graphiste anglais controversé nommé Nigel Thomas. A condition bien sûr que la douane française laisse passer ses œuvres. Fondateur d'un groupe de musique industrielle, Thomas concevait d'intéressants collages où des images porno déchirées d'une main hâtive qu'on supposait moite voisinaient avec des clichés noir et blanc de la Seconde Guerre mondiale. Les jeunes créateurs de l'époque aimaient ainsi truander les symboles, au risque de tout brouiller et de patauger dans les eaux sombres. Que ne ferait-on pas pour susciter le malaise ? Nigel Thomas agrémentait ses œuvres de croix gammées, mais c'était uniquement par provocation et personne ne s'en formalisait. Il était d'ailleurs lui-même vêtu en permanence d'un uniforme noir de S.S. qu'il avait acheté dans King's Road, l'artère chic des jeunes couturiers londoniens.

Joseph se sentait dangereusement souple. Il s'en inquiéta. Il ne devait surtout pas forcer, car la déchirure musculaire pouvait se réveiller à tout instant. La hernie discale était arrivée dix ans auparavant et il pressentait qu'elle le suivrait jusqu'au seuil de la tombe. A tout moment, une douleur fulgurante et imprévisible pouvait le scier en deux. C'est pourquoi il lui arrivait de troquer discrètement ses tee-shirts bariolés contre des Damart à manches courtes.

« Casablanca » était une jolie boutique pimpante, à la façade peinte en arc-en-ciel. Le vieil homme tira la clef de son blouson de cuir et s'apprêta à ouvrir. Mais il se figea soudain. Quelque chose clochait. Une brusque rafale de vent lui déplaça une mèche devant les yeux. Il la balaya d'un geste agacé et retira sa clef. La porte n'était pas fermée. Il se souvenait pourtant avec précision l'avoir soigneusement verrouillée la veille au soir.

Il entra lentement et resta comme pétrifié. Son casque noir lui glissa des mains et tomba sur le sol cimenté avec un bruit de plastique. Il avait sous les yeux une scène hallucinante, qu'on aurait crue sortie d'un cauchemar de série B. La galerie avait été littéralement mise à sac. Les tables étaient renversées, les plinthes arrachées, les fils électriques dénudés, les téléphones coupés. Mais le pire n'était pas là. Car du sol au plafond, tout était recouvert de longues traînées sanglantes, qui répandaient dans la pièce une odeur de latrines. On aurait dit des vagues d'immondices, barbouillées au rouleau. L'enfer de Dante, à Paris, en plein mois de juillet.

Il jaillit hors de la boutique et s'adossa à la vitrine opaque pour aspirer de grandes goulées d'air tiède et raréfié. Une ombre s'avança. Il leva les yeux. C'était madame Afanassian, la gardienne de l'immeuble. Elle tenait entre les bras un gros paquet de lettres et l'observait avec une curiosité mêlée d'inquiétude :

— Ça ne va pas, m'sieur Frey ?

— Si, si. (Il reprit son souffle et partit d'une phrase étrangement quotidienne au regard de la situation.) Vous avez du courrier pour moi ?

Sans attendre, elle se dirigea vers la porte :

— Je vous le mets sur la table, comme d'habitude…

Mais elle resta idiote, plantée sur le seuil. Toutes les lettres lui échappèrent évidemment des mains. Elle ne hurla pas, mais se contenta d'un « oh » calme, semblable à celui qu'on murmure lorsqu'on apprend, par exemple, que l'on va mourir le soir même. Puis elle s'écroula. Joseph la redressa avec peine et l'assit par terre, contre le mur. Elle ressemblait à une grosse poupée inanimée en robe à fleurs.

Il courut à la loge aussi vivement qu'il put et tambourina sur la porte vitrée. Monsieur Afanassian vint lui ouvrir en maillot de corps. Il arborait comme toujours un sourire béat et étonné. Il n'avait jamais été très rapide à la détente, mais il finit tout de même par saisir que sa femme gisait en travers du trottoir. Il la chargea sur son épaule comme un ballot de déménagement, et vint la déposer sur le divan qui faisait face au poste de télé, déjà allumé sur la mire de la Première chaîne.

Lorsqu'il pénétra enfin dans la galerie, monsieur Afanassian eut un hoquet involontaire. Il recula instinctivement, murmura quelques mots dans une langue inconnue qui pouvait être de l'arménien et se précipita au commissariat. Deux agents arrivèrent presque immédiatement au pas de course. Ils restèrent eux aussi sans voix. Partout s'entrecroisaient vagues et virgules de sang. Le carnage était absolu, mais on cherchait en vain les cadavres. Et il y avait l'odeur, fade, écœurante :

— Il faut chercher du renfort, murmura le plus jeune d'une voix blanche.

Du revers de la main, il essuya son front humide de sueur.

Joseph entra avec un seau et une serpillière. Son tee-shirt était déjà bien rougi. Il avait l'air d'un apprenti-boucher résigné :

— Non, n'appelez pas vos collègues. C'est beaucoup moins grave que vous ne le pensez.

Il se mit à bégayer, à buter sur les mots. Il eut l'impression fugitive de chevroter. Il toussa nerveusement pour s'éclaircir la voix.

— Cette boutique est une galerie d'art, et j'accueille actuellement un jeune artiste qui... c'est difficile à formuler... Disons qu'il recueille les Tampax usagés pour en faire des œuvres d'art. D'où l'odeur...

Le policier plus âgé ôta son képi et s'en servit comme d'un éventail.

— C'est la « Caméra invisible », là, ou quoi ?

Joseph avait repris toute son assurance. La police n'allait tout de même pas se moquer de l'art contemporain. Il ne put retenir une certaine morgue.

— Écoutez, monsieur, je peux vous montrer le catalogue. L'artiste se nomme Pascal Sublime et il travaille effective-ment sur les objets périodiques.

— Et ça se vend bien ?

— Environ deux mille francs le Tampax. Oui, ça part bien.

— Alors, ce désordre, c'est normal ?

— Non, justement. Des gens se sont introduits cette nuit et ont complètement détruit le travail de Sublime. Je ne com-prends pas. C'est un acte de méchanceté pure. On a écra-bouillé près de deux cents Tampax.

— En tout cas, si vous voulez porter plainte, faut venir au commissariat.

Les deux policiers s'éloignèrent en discutant, comme deux promeneurs placides que rien ne pressait plus.

Saisissant la serpillière à pleines mains, Joseph dut se cas-ser en deux pour asperger le sol maculé. Il n'eut guère besoin de s'y reprendre à deux fois. A peine avait-il commencé à frotter le parquet que la hernie discale lui scia la colonne. Le souffle coupé, il dut s'asseoir sur une chaise miraculeuse-ment protégée du carnage. La chaleur avait monté de plu-sieurs degrés, et l'odeur était devenue abominable. Il se frotta vigoureusement les yeux pour lutter contre l'évanouis-sement dont il sentait les signes avant-coureurs : il lui sem-blait porter sur la tête un casque très lourd, tandis qu'une forte nausée montait lentement. Un blanc.

Un vigoureux tintamarre le tira de sa rêverie sanglante. D'un coup de botte, on venait de renverser le seau d'eau rouge, qui se répandit alentour sur le sol. Seigneur, il ne manquait plus que lui ! Régulièrement, Pascal Sublime venait inspecter ses Tampax et admirer sans fin la crudité de ce qu'il appelait « leurs teintes fauves ». Mais pourquoi avait-il fallu qu'il passe maintenant? C'était le plus mauvais moment. Tout était détruit, et rien n'avait été encore remis en place. Sublime était un jeune homme fluet aux bras épais comme des allumettes. Il flottait dans un Perfecto défraîchi, largement constellé de badges. Ses cheveux rouge vif rassemblés en un bouquet vermillon s'harmonisaient admirablement avec les barbouillages de menstrues.

Silencieux, presque hiératique, il contempla longuement la déroute de l'expo, avant de piétiner impulsivement les derniers restes de son œuvre écrabouillée. Il ne dit pas un mot. Tandis qu'il tournait comme un lion trop maigre en cage, une main lourde aux ongles sales se posa sur l'épaule de Joseph. Le galeriste se retourna péniblement sur son siège. Il avait si mal qu'il ne voyait plus clair. Il perçut à travers le brouillard un type baraqué d'une quarantaine d'années. On aurait dit un de ces « nouveaux pauvres » qui commençaient à peupler la capitale, et sur lesquels la presse se répandait déjà en reportages-vérité, déplorant en termes forcément pathétiques la récente apparition de « jeunes clochards ». L'homme sentait la sueur et le saucisson. Son visage négligé était surmonté d'un agrégat de cheveux noirs qui ignoraient le peigne.

— Je suis un ami de Pascal, glissa-t-il d'une voix blanche et sans conviction, avant d'ajouter :

— Tu sais qui a fait ça ?

Joseph lui raconta ce qu'il avait vu. Mais l'autre semblait ne pas l'écouter. Il y avait dans son œil éteint quelque chose comme de la méfiance bête.

Joseph le fixa fugitivement. En un instant, il entrevit que l'homme était dangereux. Il émanait de lui une violence inapparente. Il devait être squatteur, ou autonome. On l'imaginait ronéotant des brochures incompréhensibles sur la nécessité de la lutte armée dans les métropoles impérialistes à l'heure de la stagnation des forces productives. Son jean douteux était maculé à l'entre-jambes d'une tache jaune de vieille pisse, et il arborait sur la tempe gauche un gros point blanc. Le galeriste en fut franchement écœuré.

Pascal ramassa précautionneusement un Tampax écra-bouillé et le posa sur le bureau. Il se mit à pleurer, et dans le silence précaire qui s'instaura, on n'entendait plus que ses hoquets enfantins. Léonard de Vinci n'aurait sans doute pas été plus désespéré si on lui avait lacéré sa Joconde.

Pascal Sublime était un graphiste à la mode. Ses détourne-ments ornaient même parfois les marges de *Libération*. Mais à la différence de ses homologues du groupe Bazooka, qui publiaient régulièrement leur somptueux journal, *Un Regard moderne*, il ne savait ni dessiner ni sculpter. Il se contentait de ramasser des objets de consommation pour les exposer et les vendre, tels quels ou en photocopie. C'était l'acte punk par excellence et ça marchait fantastiquement.

Joseph voulut prouver sa bonne foi :

— La police est venue, je vais porter plainte.

Sûr de son pouvoir, le copain fit semblant de ne pas l'entendre et se dirigea lentement vers la porte :

— Casse-toi la gueule, vieux con.

Le jeune artiste lui emboîta le pas en sanglotant. L'idée de participer au nettoyage ne l'avait même pas effleuré.

Joseph se retrouva donc seul avec sa serpillière, sa hernie et son dos bloqué. Il décida d'aller quémander l'aide de mon-sieur et madame Afanassian. Mais il fallait d'abord se lever. Un véritable exploit.

SAMEDI 5 JUILLET

Il resta couché toute la journée. A son âge, il fallait bien récupérer. De toute façon, le repos forcé n'était-il pas la seule et unique thérapie du mal au dos ? Il faisait doux. On bénéficiait au trentième étage d'une légère brise, finalement rafraîchissante. Le « satellite » était comme d'habitude baigné de soleil. Joseph n'arrivait pas à lire. Recroquevillé sous un unique drap, il somnolait sous l'effet du décontractant musculaire, et contemplait vaguement le ciel bleu clair et son rituel ballet d'hélicoptères.

Il n'avait pas eu le temps de faire les courses. Vers deux heures de l'après-midi, la faim le tenailla. Mais pour manger, il fallait d'abord gagner la cuisine. Après de multiples tentatives, il parvint à s'asseoir sur le rebord du lit. Il était seulement vêtu d'un tricot dans lequel il transpirait abondamment.

C'était l'instant du grand plongeon. Prenant appui sur la table de nuit, il se leva brusquement et attendit dents serrées le coup de poignard. Mais à l'exception d'une sourde douleur à la hauteur des omoplates, rien ne vint. A pas comptés, et sans remuer le tronc, il atteignit enfin le Frigidaire. Ce n'était pas brillant. Il dut se contenter d'une entame de saucisson auvergnat et d'un vieux morceau de camembert Président. Sans pain. Il les dégusta debout en contemplant Paris.

La journée d'hier avait été atroce et étouffante. L'orage n'avait éclaté que vers dix-sept heures. La température devait alors s'élever à trente-deux degrés. Madame Afanassian frottait depuis des heures sans grand résultat. Les traînées rouges s'effaçaient sans difficulté, mais l'odeur continuait obstinément à planer. Toujours ce relent fade et sucré, auquel venait s'ajouter le parfum aigre de l'eau de Javel.

Joseph était parti vers vingt-deux heures, après que la pluie torrentielle eut enfin cessé. Pas question de monter sur la Harley : il pouvait à peine tenir debout. Il avait dû clopiner jusqu'au Châtelet pour héler un taxi. Erreur funeste. La voiture avait été bloquée près de quarante minutes par une manif de soutien au nouveau gouvernement. La police forcément débonnaire s'était contentée de barrer toutes les rues, générant ainsi d'atroces bouchons nocturnes. Le vieil amateur d'art souffrait le martyr. Le moindre cahot lui coupait le souffle, lui vrillait la carcasse. Croyant lui faire plaisir, le chauffeur s'était branché sur *Montmartre*, la radio nostalgique des années cinquante et soixante. Joseph avait donc subi une véritable avalanche de classiques de la chanson française, qui dataient tous de l'époque maudite ou il végétait en province. Bon papa, bon époux, bon voisin : tout lui revint en vrac, des interminables digestions dominicales, ponctuées de balades forestières, aux soirées télé sans un mot échangé, en passant par l'achat laborieux de la nouvelle voiture et les courses pour la semaine au supermarché flambant neuf.

On raconte souvent que les gens qui vont mourir revoient juste avant l'abîme une sorte de vidéo-clip de leur existence. Grâce à *Montmartre* et à l'obligeant taxi, Joseph replongea dans ses souvenirs. Il fut une nouvelle fois écœuré, non qu'il y eût dans les tréfonds de sa mémoire quelque infect secret, mais tout simplement parce qu'il n'avait jamais rien vécu de sidérant. L'épisode tragi-comique des Tampax n'était-il pas

finalement un des points d'orgue de sa vie ? Le vieil homme
savait mieux que personne manier l'arme du cynisme. Il soupira d'aise en songeant à l'instant hautement palpitant ou il
avait été saisi par la douleur sur un tapis de tampons. « Moi
aussi, j'ai vécu », s'amusa-t-il à croire, et il n'avait pas totalement tort. Maurice Chevalier reprit pour la huitième fois :
« Ma pomme, c'est moi ! » Mais que faisaient donc les
brouilleurs ? Le taxi l'avait déposé sur l'esplanade
Beaugrenelle à onze heures trente. Inutile de dire qu'il
s'était mis au lit, pour n'en plus ressortir.

Il n'émergea finalement qu'au crépuscule. Vue de haut, la
ville n'était plus que teintes ocres. On pensait inexplicablement aux monticules rouges de l'Arizona. L'ombre montante
découpait déjà de grands pans obscurs, et les vitres, au loin,
scintillaient comme des bougies qui flambent.

Joseph avait enfilé un jogging noir. Bien assis à son bureau,
il cherchait maintenant une fréquence. Il resta un moment
sur *Ivre*, ou Yves Mourousi se faisait gentiment chambrer par
des potaches bien élevés et bafouillants, puis il glissa sur
Ado. Un groupe de lycéennes méditait à haute voix :
sommes-nous vaginales, ou clitoridiennes ?

Nettement plus pragmatique, *Gaie* diffusait des offres
d'emploi pour homosexuels. Soudain Joseph dressa l'oreille.
Il venait de capter une nouvelle station, qui diffusait apparemment un bulletin d'informations sur le Moyen-Orient.
C'était *le Cèdre*, qui voulait rassembler tous les Libanais de
Paris. Par un hasard curieux, de nombreux citoyens du Liban
fuyant la guerre civile louaient des appartements dans la tour
de Joseph. Aimaient-ils l'altitude ou le confort moderne ?

Il fila sur 107,8 et attendit. La radio sans nom serait-elle au
rendez-vous ? A vingt et une heures précises, la pièce
s'emplit soudain d'une présence invisible. La voix était
incontestablement jeune. L'animateur pouvait avoir dans les
vingt-cinq ans. D'où venait-il ? Son accent trahissait une ori-

gine étrangère, mais on ne pouvait la situer. Il avait une manière curieusement rocailleuse de marquer les « r », et les « h » non aspirés. Pouvait-il venir de Turquie, du Kurdistan, ou bien d'Israël ? A moins qu'il ne débarquât tout simplement d'Europe centrale. Il prenait un soin extrême à tout bien prononcer de façon presque scolaire. Il articulait tellement qu'on aurait dit qu'il disséquait. Pas un mot qui ne fût dûment compréhensible, pas un nom propre qui ne fût scrupuleusement rendu. On sentait derrière lui l'écho affadi d'une grande pièce. Comme s'il émettait d'un hangar ou d'une cathédrale. On était pourtant loin de l'emphase des prêcheurs. L'homme s'exprimait de façon absolument monocorde, sans aucune espèce de variation. Vissé sur le « fa », il ne s'aventurait jamais dans les parages du « sol » ou du « si ». Apprenti comédien, il aurait immédiatement été recalé rue Blanche. On lui cherchait en vain l'ébauche d'un sentiment. Joseph se demanda même un court instant s'il ne s'agissait pas tout bêtement d'une voix de synthèse produite par un ordinateur.

C'était vraiment l'inverse de ce qu'on entendait d'habitude. Partout, les jeunes speakers haletaient en direct, et surjouaient l'enthousiasme communicatif. Mais sur cette fréquence éloignée, on pratiquait sereinement l'antiradio. L'émission se révélait pourtant d'une bonne qualité technique. Joseph avait une excellente réception en mono. L'émetteur devait être puissant, ce qui écartait la thèse du blagueur illuminé. A quoi pouvait bien rimer cette très professionnelle station pirate, où un étranger lisait d'une voix éteinte des colonnes de noms sans rapport entre eux ?

« Liste du samedi 5 juillet 1981. Il est vingt et une heures deux. Jacques Abelard, Pascal Adam, Ernest Aroux, Louise Assert, Philippe Azema, Gabor Arbidjian… »

Méthodique, alphabétique, l'animateur défiait toutes les lois de la F.M. Contrairement à ses homologues des autres radios libres, jamais il ne butait, ni ne toussait, ni ne zozotait.

Il semblait en outre n'avoir aucun besoin de reprendre son souffle. Joseph devait admettre qu'il était fasciné. Il y avait dans ce programme quelque chose d'hypnotique. Le rythme très lent de la voix bizarre vous berçait subtilement, tandis que les noms défilaient, baroques, inattendus, ou bien banals. Le vieil homme se prit au jeu. L'énigme avait sûrement sa clef. Annuaire ou invention, la solution devait bien se trouver au cœur de l'énoncé. C'était en tout cas le gag le plus dadaïste de l'année. Joseph se laissa glisser dans la rêverie : pourquoi « Casablanca » n'accueillerait-elle pas une exposition de transistors branchés sur les meilleures stations parisiennes ? La performance pourrait être amusante. Tout seul, il en gloussa d'enthousiasme.

L'émission prit fin aussi abruptement qu'elle avait débuté : « C'était la liste du samedi 5 juillet 1981. Nos émissions reprendront demain dimanche 6 juillet à vingt et une heures sur la même fréquence. » Et c'était tout. Ni adieux ni remerciements. La fréquence 107,8 ignorait la politesse radiophonique.

Le blanc se maintint pendant trente secondes, puis l'émetteur s'interrompit, vite remplacé par la neige hertzienne. Une station s'imposa bientôt, et les hurlements d'un disc-jockey banlieusard remplacèrent la station inconnue :

« Ouaah, c'est Smiky avec vous pour une *non stop disco party* de la *best music in town*, et vive la radio libre ! *Rock to the beat* avec Stevie Wonder et Smiky, bien sûr…*Let your body move!*»

L'anglais était alors courant.

DIMANCHE 6 JUILLET

Ça sentait l'oignon, la coriandre, le tapioca et le gaz d'échappement. Sur l'esplanade centrale qui séparait en deux tronçons le boulevard de Belleville, des petits vieux, courbés sur les reliefs d'un marché, piochaient dans les cageots abandonnés qui débordaient jusqu'au milieu de la rue, forçant les voitures à de savants slaloms.

Une véritable cacophonie de klaxons éclata brutalement. Indifférent au tumulte dont il était la cause, un livreur barbu déplaçait des caisses en prenant tout son temps. Il bavardait gaiement avec un copain qui ne l'aidait pas.

Des milliers de gens de toutes nationalités se frôlaient ainsi dans le bruit et s'interpellaient en divers dialectes. Une jeune fille brune en minijupe rouge insulta violemment une vieille dame arabe. Il était question d'une tarte aux pommes ratée. Elles en vinrent aux mains. Levant les bras au ciel en un geste qui voulait tout dire, un monsieur ventru tenta à grand-peine de les séparer, sous les rires et les quolibets d'une bande de gamins.

Insensible au vacarme, un clochard poussait tranquillement son landau. Il s'arrêtait de-ci de-là et ramassait une carotte ou un chou-fleur qu'il posait délicatement dans la poussette déjà pleine à ras bord.

Déboulant prestement d'une camionnette blanche, cinq ou

six costauds se mirent à coller des affiches : « Contre le terro-risme palestinien, Arafat nouvel Hitler ! » Les commerçants arabes regardaient vaguement la scène sans y prêter atten-tion.

Un jeune Asiatique nerveux sortit d'une boutique en cla-quant la porte, puis déversa une marmite pleine d'eau sale dans le caniveau. Chassés par la victoire de Hanoi et par le conflit sino-vietnamien de 1978, les Chinois du Viêt-nam commençaient à arriver en nombre, et de très bons restau-rants à prix modique fleurissaient déjà à Belleville.

Joseph dut faire un écart pour ne pas tremper ses santiags.

Il se sentait bien. A cet instant précis, il goûta le plaisir de la liberté absolue. C'était tout simplement divin. Il n'avait de comptes à rendre à personne. Il pouvait faire ce qu'il voulait. Il était presque jeune et ne souffrait pas. Une petite brunette aux cheveux bouclés le croisa en souriant. Il se retourna, la reluqua complaisamment. Son pantalon jaune ultra-moulant mettait en valeur un popotin rebondi. Elle portait de lourdes godasses vernies aux talons compensés.

Il sourit et acheta une corne de gazelle. A l'angle du boule-vard et de la rue de Palikao zonait la faune habituelle des dealers de poudre. A huit heures, il faisait encore jour, mais nul ne songeait à remonter la ruelle sans une très bonne rai-son. Joseph s'y engagea avec résolution. L'herbe poussait entre les pavés disjoints. Il n'y avait ici aucune circulation. A trente mètres du croisement, un groupe de *skin heads* se tenaient immobiles. On aurait dit des statues hyperréalistes, abandonnées par un sculpteur trop doué. Il passa en baissant la tête, mais aucun coup ne plut.

Plus haut, on apercevait une dizaine de personnes rassem-blées silencieusement devant un grand portail fermé. Joseph arriva au moment précis où la lourde porte coulissait. A l'instar des Cascades ou des Vilins, Palikao était alors un des squatts les plus connus de la capitale. Il se distinguait pour-tant par une politique culturelle très active. On y trouvait certes des junkies, des militants turcs et des adeptes du P. 38, mais les animateurs organisaient aussi des soirées perfor- mances, où s'exprimaient librement les jeunes artistes des quartiers nord. Joseph y venait de temps en temps. Pour les habitués, il n'était qu'un rat qui tentait de récupérer leurs œuvres et de faire du fric sur le dos des rebelles. Il avait effectivement pour les squatteurs quelques défauts rédhibi- toires : il était vieux, il gagnait de l'argent et il ressemblait vaguement à un hippie. Trois bonnes raisons de le mépriser. Mais on faisait semblant de l'accepter, car il incarnait le pou- voir de l'art et la manne financière. Les créateurs locaux lui faisaient donc bonne figure et lui offraient hypocritement des canettes de bienvenue.

Palikao n'était autre qu'une usine désaffectée, promise à une lointaine démolition. Comme les nouveaux occupants aimaient le style industriel, ils n'avaient surtout pas essayé de redécorer les lieux, ou de les rendre attractifs. On péné- trait dans une sinistre enfilade de hangars sales, éclairés diffi- cilement par de vieilles barres de néon qui devaient dater des années soixante, et qui baignaient tout d'une lueur livide, presque lunaire.

La soirée se concentrait dans le premier hangar, un loft moche agrémenté d'une petite scène basse encore vide. Cinquante personnes s'y côtoyaient dans l'indifférence. Le style *new wave* ou apparenté faisait fureur. On distinguait parfois une crête d'Iroquois ou un geyser de cheveux mauves. Mais il y avait aussi les indéfinissables, dont la seule caractéristique visible était la pauvreté. Palikao n'était pas un lieu chic, mais un repère d'Indiens métropolitains qui glo- rifiaient la guérilla urbaine et la rupture avec le système.

Adossé à un gros pilier, Joseph sirotait vaguement une bière en boîte.

Il avait rendez-vous avec Nigel Thomas pour voir ses der- niers travaux. Il consulta sa montre : neuf heures. L'autre était en retard. Il reprit une lampée et observa machinalement la foule. On ne voyait guère de paillettes. A Palikao, les branchés manquaient d'argent et les tenues affriolantes se faisaient rares. La misère l'emportait déjà sur le clinquant.

Il lui sembla soudain croiser un regard. Là-bas, tout au fond, dans la relative pénombre, un visage ne lui était pas inconnu. Mais qui était-ce ? On côtoyait tant de monde à « Casablanca ». Peut-être s'agissait-il d'un des nombreux amateurs d'art et de petits fours qui hantaient ses vernissages.

Un projecteur brusquement allumé balaya l'assistance maigrelette, tandis que démarrait une cassette de musique violente et heurtée. L'homme fut brusquement dévoilé par la poursuite. Il eut alors un comportement étrange. Il tourna le dos au vieil homme et fila vers la porte. Joseph serra les lèvres. Il avait reconnu l'ami de Pascal Sublime et en conçut une sourde inquiétude. Mieux valait peut-être ne pas repartir seul.

On commença d'installer les amplis. Le concert allait bientôt démarrer. Une fille s'approcha de lui. Dix-sept ans à tout casser. Collant noir sur longues jambes, boots et cheveux de jais coiffés en brosse. Ils avaient déjà échangé quelques mots lors d'un précédent concert. Ce soir, elle avait l'air de s'ennuyer. Joseph lui coula un regard évaluateur, et tout fut dit. En une fraction de seconde, le vieux lion mité sortit ses griffes racornies et se mit en parade. Tout en baratinant la belle et en l'étourdissant par une amusante logorrhée, il sentait dans son cœur l'éternel pincement de l'angoisse. Allait-elle le trouver ridicule ? Le dénoncerait-elle à la vindicte d'amis baraqués ? Le traiterait-elle de vieux satyre, de pédophile, de dégueulasse ?

Joseph était évidemment passé maître en l'art de captiver les jeunes filles. Lorsque la terre se révélait meuble, il savait faire croître la curiosité, ce recto du désir, et en un mot, séduire. Ce soir-là, il se fit comme toujours mielleux et rude,

fragile et solide, paternel et enfantin. La proie se nommait
Nina. Son regard trahissait l'intérêt, la surprise, l'amusement
devant ce bel homme mûr aux longs cheveux blancs qui mon-
trait autant de timidité qu'un jeune étudiant.

L'homme et la fille s'entretinrent ainsi plusieurs minutes
en hurlant dans le bruit. Oui, elle venait parfois à
« Casablanca », d'ailleurs elle se passionnait pour l'art
contemporain, mais comment pouvait-on supporter les
Tampax de Sublime ? Elle aussi était artiste ; elle fabriquait
des bagues. Mais elle passait le plus clair de sa triste existence au lycée Fénelon, où elle s'apprêtait à redoubler sa
première, section économique. Connaissait-il le nom du
groupe qui allait passer ? De toute façon, il serait nul, non ?

Soudain, elle reçut dans le dos un coup d'une violence
extrême et s'étala de tout son long sur le sol. Sa tête fit un
bruit mat en heurtant le béton. Elle ne bougea plus. Hébété,
le *skin* obèse qui l'avait percutée poursuivit sa route à travers
la foule, taureau aveugle renversant tout sur son passage.
Joseph se sentit totalement stupide. Il n'osait la relever de
peur de réveiller sa hernie et restait planté à la regarder sans
rien faire. Elle se redressa d'elle-même, choquée, et s'assit
par terre pour reprendre son souffle. Un grand gaillard albinos aux cheveux hérissés vint heureusement à leur rescousse,
au moment précis où une musique synthétique et sursaturée
envahissait le hall à moitié plein. Le groupe n'était finalement qu'un duo. Une grosse fille boudinée dans une robe
ultra-courte en latex se mit à scander d'une voix cassée :
« Lo-li-ta é-lec-trique, Lo-li-ta mé-ca-nique. »

Imperturbable, un gaillard moustachu coiffé d'une casquette militaire l'accompagnait au synthé. Quelques personnes envisagèrent de danser.

Nina reprit rapidement ses esprits, mais elle avait peur et
ne voulut plus quitter Joseph. L'albinos les entraîna dans un
escalier de bois qui menait à l'étage supérieur. Ici, la musique
était assourdie, on pouvait parler. Ils étaient directement

sous le toit de l'usine, dans une espèce de dortoir collectif. Plusieurs sacs de couchage étaient déroulés les uns à côté des autres. Il y avait aussi des couvertures sales posées en tas et quelques tapis de gymnastique qui devaient servir de matelas isolants. La lumière tamisée provenait d'une lampe de chevet posée sur un grand bidon d'huile où trônait aussi un vieux transistor hors d'âge, mais sans grâce. Les murs lépreux étaient couverts de graffitis obscènes ou politiques. L'homme salua Joseph avec courtoisie et se présenta enfin. C'était Nigel Thomas, le graphiste anglais qui collait des croix gammées sur des vagins en noir et blanc. Le personnage était curieux. Il avait une distinction naturelle et devait sortir du plus réputé des collèges anglais, car il se révéla d'une exquise politesse. Il voulut absolument montrer à Joseph ses dernières toiles et redescendit immédiatement pour aller les chercher dans son poids-lourd. L'artiste vivait une existence de nomade et se déplaçait dans un camion militaire bâché, qui lui servait d'entrepôt autant que d'appartement.

Nina avait repris toute son assurance. Flattée d'être admise dans les coulisses du lieu, elle farfouilla partout à la recherche d'une bière. Elle était sûre qu'une bonne rasade de bière la remettrait définitivement d'aplomb et finit par descendre à son tour au bar du squatt. Elle n'avait pas d'argent. Joseph lui donna cinquante francs et se retrouva seul. Ses jambes commençaient à être lourdes. Il aurait donné cher pour s'asseoir confortablement, mais il n'y avait pas l'ombre d'un siège. Il n'allait tout de même pas s'allonger sur un sac de couchage. Il s'approcha du transistor et l'alluma par réflexe. Il avait suffi d'un regard au médiocre engin pour que renaisse son intérêt. Quelle heure pouvait-il être? Neuf heures vingt? La radio devait encore émettre. Mais la recevait-on à Belleville? Rien n'était moins sûr, car la plupart des F.M. se contentaient de petits émetteurs de cent watts qui couvraient rarement plus d'un ou deux quartiers.

D'un geste automatique qui le surprit lui-même, il se cala précisément sur 107,8. L'émission était terriblement brouillée, mais on pouvait tout de même la capter dans un tonnerre de parasites. La voix étrangère terminait justement sa liste. Il monta le son, et colla son oreille à la surface plastifiée du haut-parleur :

« Bertrand Salom, Jacqueline Schueller, Pierre Simon, Pascal Sublime, Etienne Tarnero, Alexandre Vaneck, Christophe Woslewsky, Abraham Wurmser. C'était la liste du dimanche 6 juillet 1981. Nos émissions reprendront demain lundi 7 juillet à vingt et une heures. »

Un silence plein de craquements hertziens emplit le dortoir. On aurait dit qu'une troupe de fantômes traversait lentement la pièce. Il n'y avait plus rien à entendre. Joseph éteignit la radio au moment ou Nina remontait avec les bières. Elle n'avait rien entendu. Il était perplexe et amusé. C'était la meilleure de l'année. Que venait faire Pascal Sublime dans ce jeu baroque ? Ce poste n'avait décidément aucun sens. Il avala une lampée de Kronenbourg et savoura le goût âcre qui emplissait sa bouche.

LUNDI 7 JUILLET

Il ouvrit les yeux et ne perçut d'abord qu'un univers bleu noir. Le jour tardait à paraître. Il devait être quatre heures du matin, ou un peu plus. L'oiseau reprit son chant, et l'homme se dressa avec étonnement. C'était une grosse mouette blanche. Elle était perchée sur le rebord de la fenêtre, à moins de deux mètres du lit. Elle le fixa avec un drôle d'œil imbécile et piailla. Dans le lointain, d'autres cris lui répondirent.

Joseph ne bougea pas un cil. Il flottait encore entre sommeil et veille, et ne fut que vaguement surpris. Il était pourtant rare qu'un oiseau monte jusqu'au trentième étage. La plupart des volatiles tournoyaient d'habitude autour du dix-huitième. Penché à sa fenêtre, il aimait parfois les contempler en écoutant la radio.

La mouette s'égosilla de plus belle. Joseph se leva assez souplement et fit un pas vers la fenêtre. Il n'en fallut pas plus pour chasser le grand oiseau blanc, qui s'envola lourdement vers la Tour Eiffel.

Il passa dans la cuisine, alluma la machine à café. Un rassurant glouglou emplit bientôt le « satellite », tandis que l'odeur corsée se répandait dans la pièce.

Lorsque le café fut prêt, Joseph obliqua son fauteuil vers le lit et s'y installa confortablement, une tasse à la main. Il était maintenant parfaitement réveillé. Tout en sirotant le liquide brûlant, il contempla dans la pénombre un de ses spectacles favoris.

Une jambe fine et nerveuse dépassait du lit. Nina dormait sur le ventre, pelotonnée dans un unique drap froissé. Son visage juvénile était tout entier dissimulé par un bras très blanc, replié contre la joue. Elle se retourna à demi dans son sommeil et laissa voir un sein rond au téton minuscule, ainsi qu'une épaule frêle. Son visage apparut, angélique, innocent, enfantin, sans défense. L'aube naissante baignait la pièce d'une drôle de lueur de fin du monde. L'intensité lumineuse monta alors d'un tout petit degré, et l'univers fut comme transfiguré. Dans la pénombre en devenir, le corps de la jeune fille se mit à luire doucement. Cette soudaine phosphorescence avait quelque chose de magique, mais elle ne dura pas. Le disque rouge de l'aurore apparut bientôt du côté de Bercy. Le jour arrivait.

Joseph but une dernière gorgée. Puis il s'approcha du lit et posa doucement sa main ridée sur la cuisse maintenant découverte. Nina ne bougea pas. Soudain, elle ouvrit un œil endormi et lui coula un sourire. Joseph entra alors en fusion. Il s'abattit de tout son poids sur la jeune fille et la couvrit de caresses, oubliant un instant l'invraisemblable différence d'âge qui les séparait. Elle aurait pu être sa fille, ou même sa petite fille. Père incestueux, professeur dévoyé ou violeur de l'aube, il savourait à plein nez le délicat mélange de souillure et de transgression qui vient obscurément donner force au désir. Ils avaient quarante-six ans d'écart et il la voulait avec une incroyable violence. Elle se laissa faire. Ses gémissements rappelaient curieusement le cri matinal de la mouette.

Ils prirent le petit déjeuner au lit. Bien calée par deux oreillers, Nina dévorait ses biscottes avec une belle impudeur. Elle exhibait sa poitrine sans aucune espèce de gêne, et des miettes de pain tombaient parfois entre ses seins.

Elle ne fit aucune remarque sur la vieillesse de son amant.

Elle le traitait en somme comme s'il avait son âge. Nina faisait preuve d'un naturel confondant. Elle ne connaissait intimement le vieil homme que depuis quelques heures, mais lui parlait déjà comme à un ami de longue date. Joseph se sentit rehaussé. Il était le complice, le copain, le grand frère. Nina n'était qu'adolescente, mais son comportement trahissait une certaine expérience de l'amour. Elle vivait cette toute nouvelle relation sur le mode de la curiosité bienveillante.

Nina se voulait disponible. Elle aimait l'instant présent, et ne demandait au fond qu'à vivre une grande passion romantique. Mais qui pouvait prédire le jour où surgirait le prince charmant ? Serait-il jeune ou âgé ? Ado, comme elle, ou mûr, comme lui ? Ce nouvel amant était sans doute le plus vieux qu'elle ait jamais connu. Mais l'élément pervers ajoutait quelques grains de sel à la situation. Que dirait son père s'il la voyait dans les bras d'un homme aux cheveux blancs ?

Tout en dévorant ses biscottes dégoulinantes de confiture de coing, elle contempla admirativement l'abondante bibliothèque qui couvrait un des murs de la chambre. Joseph y stockait ses auteurs favoris : Julien Green, Anatole France, André Gide.

Les yeux de la lycéenne se plissèrent d'intérêt. Elle hésita – un peu –, puis rompit le silence :

— As-tu déjà lu Jean-Pierre Sartre ?

— Jean-Pierre, non, mais Jean-Paul, oui.

— Jean-Paul ?

— Oui, il existait un philosophe nommé Jean-Paul Sartre. Il est mort l'année dernière.

— Tu sais, au lycée, mon prof de français me draguait. Il voulait toujours que je lise les pièces de théâtre de Sartre. Il m'a même invitée chez lui pour me les montrer.

— Et il te les a lues ?

— Non, il m'a seulement fait l'amour.

Comme Joseph le comprenait !

Bien qu'elle fût absolument nue, la lycéenne voulut rapporter elle-même le plateau. Sitôt entrée dans la cuisine, elle poussa des cris d'orfraie :

— Comment ? Mais cet endroit est d'une saleté repoussante. Personne ne vient donc jamais faire le ménage ?

Légèrement submergé par le cyclone qu'il sentait monter, Joseph ne sut que balbutier une réponse hésitante :

— C'est-à-dire que ma Portugaise est en vacances, alors...

— Mais tu es d'une paresse incroyable ! Ça pue, chez toi. Cet appartement entier sent le cra-cra, le vieux slip, le camembert et la chaussette. C'est vraiment une piaule de célibataire. T'as pas de quoi être fier !

Elle était réellement en furie. Le vieil homme la contempla avec une irrésistible envie de rire. Elle avait à son égard des tonalités curieusement maternelles.

Elle enfila un slip en pestant et attrapa un des tee-shirts de Joseph. Ainsi métamorphosée, elle dénicha sous l'évier un seau à moitié rouillé, qu'elle remplit d'eau de Javel. En une seconde, la lolita sensuelle s'était muée en une efficace femme de ménage qui entreprit de nettoyer le « satellite » de fond en comble.

Amusé et un peu agacé, Joseph se réfugia dans l'embrasure d'une fenêtre. Le ciel était maintenant bouché par une épaisse couche nuageuse et blanche. Un cortège officiel passa au loin sur la voie expresse rive droite, avec sa kyrielle de fanions et ses motards aux aguets. C'était peut-être Mitterrand.

« Mitterrand, fous le camp ! Mitterrand, démission ! »

Joseph commençait à se lasser. Depuis plus d'une minute, un tribun grandiloquent et anonyme psalmodiait des slogans anti gauche, comme s'il se fût agi de chants religieux. Le vieil homme allait changer de station lorsqu'une douce voix féminine retentit dans le poste :

« Vous êtes sur *Radio Village*, votre message est maintenant terminé. »

Radio Village était une expérience unique. Il s'agissait d'une des émissions les plus bizarres d'*Ici et Maintenant*, pionnière des radios libres et adepte permanente des expériences sonores les plus hasardeuses. Pendant des heures et des heures, la station pirate se transformait quotidiennement en répondeur téléphonique. L'idée était toute simple. Un répondeur était connecté à l'antenne. Pour passer sur les ondes, il suffisait de décrocher son téléphone et d'appeler le numéro indiqué. Il n'y avait bien entendu aucune espèce de censure. Chacun avait trois minutes de liberté absolue pour délirer en direct et raconter ses horreurs préférées. On pouvait s'attendre aux plus féroces fadaises, ou aux exposés les plus poussifs. L'ennui, c'est que *Radio Village* était généralement squattée par des militants d'extrême-droite qui se relayaient pour occuper la ligne et transformer la paisible F.M. en un véritable poste de guerre civile, dont la cible principale était, évidemment, la gauche au pouvoir. Après quelques secondes de musique planante, le répondeur se déclencha de nouveau :

« Vous êtes sur *Radio Village*, et c'est à vous de parler, pendant trois minutes. »

Le bip retentit et une voix nasillarde se mit à distiller sa propagande :

« Ici *Radio Occident*, en guerre contre le judéo-marxisme et la négrification... »

Joseph éteignit la radio en bâillant. Il s'étira mollement.

Seul dans la galerie sinistrée, il réglait d'ennuyeuses factures et se noyait dans la paperasse. Il avait décidé de fermer pour l'été. Il n'avait pas le choix. L'odeur du sang était encore trop présente. Le sol avait été désinfecté à grandes giclées d'eau de Javel, mais les murs semblaient imprégnés. On aurait dit qu'ils avaient pris vie et qu'ils étaient maintenant constitués de peau froide. Il faudrait sûrement repeindre. Nigel Thomas attendrait la rentrée.

Trois sacs poubelles hermétiquement clos trônaient au milieu de la pièce. C'étaient les restes des Tampax écrabouillés. Joseph n'osait les jeter. Après tout, il s'agissait quand même d'œuvres d'art. Il ralluma la radio et la voix fluette de Stevie Wonder se répandit dans la pièce. Un véritable soporifique.

107,8 l'effleura fugitivement. La station improbable avait de nouveau émis la nuit dernière. Toujours ces noms inconnus qui défilaient dans l'indifférence. Pascal Sublime n'avait plus été cité.

Joseph s'étonnait lui-même. Pourquoi guettait-il avec tant de plaisir ces barbantes listes d'inconnus ? Cette radio l'attirait tout en l'inquiétant. C'était un sentiment curieux, inédit.

Le répondeur d'*Ici et Maintenant* se déclencha une nouvelle fois :

« Je suis la ténébreuse, la veuve, l'inconsolée », roucoula

une voix masculine, avant de conclure : « C'est pourquoi je cherche un Nord-Africain très membré dans la banlieue est. »

Joseph éteignit et gagna la porte d'entrée. Un pâle rayon de soleil s'engouffra fugitivement, avant de s'effacer presque instantanément, comme par un coup de gomme. Il ne faisait guère beau.

Le galeriste fut soudain tenaillé par une faim de loup. Quelle heure pouvait-il être? Depuis plus de dix ans, il n'avait plus de montre. Une façon de signifier sa rupture avec le morne conformisme de sa période provinciale. Il ralluma le poste et se cala d'autorité sur *R.F.M.* Cette station avait pour notable intérêt de donner l'heure entre chaque morceau, et le galeriste s'en servait comme d'une horloge parlante et musicale.

— Treize heures, déjà? Je suis dolent…

Il saisit son blouson et faillit partir. Mais la vue des sacs poubelles le fit soupirer. Combien de temps allait-il devoir garder ces déchets pharmaceutiques?

Sublime se faisait désirer. S'il tenait tant à ses chers Tampax, il n'avait qu'à venir les récupérer. Le plus simple était de lui passer un coup de fil. Il décrocha et composa de mémoire le 545 44 66. A la troisième sonnerie, on décrocha. Mais l'interlocuteur semblait muet.

Le sexagénaire claironna : « Allô, allô, allô ! » et s'annonça une ou deux fois. Toujours rien. C'était peut-être une connexion malheureuse. Il allait raccrocher, quand une voix cotonneuse et lointaine le laissa soudain sans réplique :

— C'est vous, Frey? Sublime ne va pas bien. Je ne sais pas quoi faire ! Je ne suis pas docteur. Il vaudrait mieux prévenir les pompiers.

L'homme raccrocha. Sa voix n'était pas identifiable.

Joseph reposa lentement le combiné. Encore une histoire de fou. Décidément, Sublime avait la poisse. Et il était contagieux. Qui était cet homme? Le copain qui ne se lavait jamais, peut-être. Apparemment, il se trouvait chez Pascal, ou bien il en sortait. Il fallait en avoir le cœur net.

L'artiste logeait au fin fond du quinzième arrondissement, dans un petit appartement miteux qui jouxtait les usines Citroën Balard. Paris était triste. Le ciel blanc virait lentement au sombre et il faisait déjà dans les vingt-six degrés.

La rue Cauchy était une ruelle peu avenante, aux immeubles lépreux et aux façades souvent murées. Le quartier était en voie de rénovation, mais de nombreux locataires organisés en comité refusaient le diktat conjoint de la mairie de Paris et des promoteurs immobiliers en attente de *boom*. Çà et là fleurissaient de médiocres banderoles défraîchies : « Páris aux Parisiens ! », ou encore : « Non au béton, oui au pittoresque ! »

Joseph enfila la rue à la vitesse de l'obus. Parvenu au 28, il se gara d'un coup de béquille et s'engouffra dans un petit immeuble de deux étages. Pascal Sublime habitait au deuxième, tout au fond d'un couloir noirâtre et crasseux.

Le galeriste frappa vigoureusement, mais personne ne répondit. Instinctivement, il tourna la poignée de la porte. C'était ouvert. Il pénétra dans une petite pièce étouffante, bourrée de bibelots invraisemblables, ramassés dans toutes les décharges d'Europe et entassés tels quels en un abominable bric-à-brac. On ne pouvait dire avec certitude si l'appartement avait été mis à sac ou si Pascal Sublime vivait à l'année dans ce capharnaüm. Une lampe allumée creusait d'étranges ombres allongées. Une tête de cheval en plâtre posée de guingois sur un fauteuil douteux avait été coiffée d'un bicorne napoléonien sur lequel on avait planté une plume de pigeon. La table basse était couverte de tasses séchées, d'objets improbables – tel un vase rose d'une laideur repoussante sur lequel était curieusement scotché un petit cow-boy en plastique –, de paquets de clopes vides et de bandes dessinées de gare : *Action Commando* et *Gary contre-attaque*. Il n'y avait personne. Joseph se déplaçait

dans le petit salon avec la prudence de l'explorateur. Il bouscula un vélo d'enfant sans roue arrière et le fit tomber avec
fracas.

La chambre était plongée dans la pénombre des volets fer-
més. Ça sentait le chocolat. Il trouva l'interrupteur, alluma
un sinistre plafonnier moderne et se précipita au chevet de
Sublime. L'artiste était allongé sur son lit, tout habillé. Il
semblait dormir. Sur la table de nuit, non loin d'un verre
d'eau poussiéreux et d'un tournevis à étoile, Joseph reconnut
l'équipement habituel des junkies : une cuillère sale, un bout
de coton et une seringue dont l'aiguille était souillée de sang
séché. Il saisit la main du jeune homme et la reposa précipitamment. Joseph avait toujours eu une peur panique de la
mort en général et des cadavres en particulier. Le simple
contact de la peau froide le dégoûta au-delà de toute expression. Il recula d'un pas, faillit se trouver mal. Le visage de
Sublime était comme éclairé d'un sourire fugace. Joseph fut
traversé d'une pensée parasite : « On dirait la Joconde. »
Une Joconde ? Peut-être, mais archicamée, avec un œil
vitreux et entrouvert qui semblait figé dans un éternel clin
d'œil... Une Joconde au bras gauche dénudé, qui portait au
creux du coude les stigmates violacés du *shoot*...

De retour dans le salon, Joseph fit valdinguer la tête de
cheval et s'assit lourdement dans le fauteuil défoncé. Il soupira longuement, fut incommodé par la tenace odeur de renfermé, constata que ça ne sentait pas du tout le cadavre, puis
composa bêtement le numéro des pompiers. Il fallait bien
prévenir quelqu'un.

Une nouvelle rafale balaya le front de mer. Joseph redressa la moto à grand-peine. Le vent furieux devait souffler à cent cinquante kilomètres à l'heure. Chaque bourrasque vous déséquilibrait, vous jetait à terre, vous écartelait.

Le vieillard profita d'une très courte accalmie pour garer la bécane contre un poteau télégraphique, miraculeusement abrité par un bâtiment de brique. Depuis plusieurs heures, une souffrance atroce lui cisaillait la colonne vertébrale et lui vrillait en continu l'ensemble du corps. Il était la proie d'un feu intérieur qui lui rissolait jusqu'à la moelle des os, qui l'inondait en continu de torrents de lave brûlante.

Il n'était qu'une plaie à vif, mais n'en laissa rien paraître. Stoïque, il remonta le col de son Perfecto et rejoignit Nina qui l'attendait à l'abri d'un auvent. Deauville était baignée d'une curieuse clarté lunaire. Il n'était que treize heures, mais on se serait cru dans le cercle arctique pendant une nuit d'été. Le vent glacé interdisait toute promenade. Il faisait froid et l'on n'apercevait de la mer qu'un front brumeux et gris. Là-bas, sur la plage, un promeneur courageux accompagné d'un chien en transe bravait les éléments.

La marée était haute. Joseph repensa aux heures précédentes et se maudit intérieurement. Comment avait-il pu être aussi faible ? Nina avait voulu lui faire plaisir. Il semblait tellement bouleversé par sa visite à Pascal Sublime qu'elle lui avait proposé, par jeu, de faire Paris-Deauville d'une seule traite à moto. A quarante ou cinquante ans, la perspective d'une virée amoureuse ne lui aurait posé aucun problème et lui aurait même sans doute changé les idées.

Mais cette fois-ci, la hernie avait frappé du côté d'Elbeuf. Brutale et toujours inattendue, la douleur avait vite transformé l'escapade estivale en chemin de Damas. Les dents serrées, les yeux embués de larmes de rage, Joseph avait foncé à tombeau ouvert jusqu'à Deauville, sa boue, sa pluie, ses citoyens maussades.

La Harley était maintenant à l'abri. Ne sachant que faire sous la trombe crépitante, ils partirent au hasard à travers le *no man's land* en travaux de la côte deauvilloise. Ils échouèrent dans un restaurant rupin du front de mer où l'on servait, très cher, des plateaux de crustacés. Le déjeuner dura un temps infini.

La salle était presque déserte. Un énorme lustre surplombait un couple de vieillards qui attendaient un plat en regardant la mer. Il régnait une atmosphère un peu irréelle, qu'accentuait encore l'immobilité totale des serveurs au garde-à-vous. Rangés comme des soldats de plomb le long du bar, ils s'ennuyaient ferme et ressemblaient à des sentinelles de Buckingham Palace ou du mausolée de Lénine. Le silence n'était rompu que par le bruit feutré des convives, ainsi que par une discrète musique d'ascenseur à laquelle venait parfois se mêler le mugissement du vent. C'était triste.

Joseph avala une dizaine de pilules antidouleur. Quant à Nina, elle ne savait si elle devait afficher sa déception devant le temps de cochon, ou son excitation d'être si loin de Paris. Après une courte réflexion, elle opta pour la deuxième attitude et charma le vieil homme de son enthousiasme communicatif. Elle commanda un grand vin cher, non sans l'avoir elle-même goûté : « Il a de la jupe ! » fut son seul commentaire. Puis elle partit d'un grand éclat de rire, tandis que le sommelier impassible emplissait les verres à pied. Ils ne se parlaient guère, mais qu'auraient-ils pu raconter ? Ils n'avaient rien en commun : ni souvenirs, ni fous rires, ni passé. Rien qu'une amourette de hasard, une flambée qui s'éteindrait bien vite sous la pluie. Nina se contentait de glousser, de rire tout seule de ses blagues de potache. Songeur, Joseph contemplait le panorama en sirotant son vin. Il lui arrivait parfois de croiser le regard de la fille, et une gêne inexplicable l'étreignait alors. Elle était si jeune. Si petite, en somme. Qu'allaient penser les serveurs ? Il lui sembla croiser un regard narquois, mais ce n'était peut être qu'une illusion due à l'alcool.

Vers quatre heures, le vent sembla tomber. Les deux amants passablement éméchés décidèrent de tenter une sortie dans la bonne humeur. Après que Joseph eut payé l'addition, ils se promenèrent en amoureux solitaires sur les planches désertes. Le vieux marchand de tableaux n'avait presque plus mal. La tempête avait fait place à un ciel blanc aux reflets jaunes. Terre et mer avaient perdu toute couleur. Même le sable mouillé ne brillait plus. Deauville était en noir et blanc, ou plutôt en sépia.

Les deux amoureux firent une dizaine de pas avant de s'asseoir sur un banc, cuir contre cuir, joue contre joue. Au loin, l'horizon était de plus en plus jaune. Joseph s'en étonna vaguement :

— On dirait la fin du monde...

Elle s'écarta. Elle avait les yeux brillants, le front rosi :

— Tu piques.

Il passa sa main sur son menton, rencontra sa barbe grise. Il continuait à fixer la Manche :

— Qu'est-ce qu'on fait si la mer s'ouvre en deux ?

— On fait un tour en Angleterre...

Il se passa alors un événement curieux. Le jaune se rassembla lentement tout en bas du ciel, à l'extrême pointe de la mer grise, puis se redéploya progressivement dans l'atmosphère, en un étrange mouvement respiratoire.

Lorsqu'il atteignit le rivage, il avait pris l'aspect d'une brume très fine. Joseph et Nina se mirent subitement à suffoquer. L'air pur chargé d'iode était infecté par une très forte odeur d'œuf pourri. Joseph crut qu'il allait avoir un malaise. Il fut secoué d'une toux rauque. Ses yeux piquaient terriblement. L'air était devenu curieusement tiède.

Après quelques instants de stupeur, ils refluèrent à travers les flaques d'eau vers une pâtisserie miraculeusement ouverte. Une jeune vendeuse ingrate et obèse attendait fermement le client derrière une porte vitrée qu'on avait soigneusement fermée.

De mauvaise grâce, elle leur expliqua que le vent rabattait parfois sur la plage les émanations malodorantes d'une usine de produits chimiques. Voulaient-ils une tartelette à trente-cinq francs ?

Le phénomène était apparemment assez fréquent. Les deux Parisiens n'osaient plus sortir de la boutique. Mais la pluie torrentielle reprit de plus belle, et les fumerolles furent vite chassées par les embruns.

Joseph fit quelques pas à l'extérieur. L'odeur immonde avait disparu aussi vite qu'elle était venue.

Il avisa alors un grand immeuble moderne et gris planté au milieu d'un chantier, sur lequel était écrit en lettres de néon : « Hôtel ». On y pénétrait par un sentier de planches posées à même la boue. D'un pas résolu, il entraîna la jeune fille. D'abord se sécher. Puis ne plus bouger.

Le hall spacieux et clair sentait le plâtre et le préfabriqué.

Un tas de plantes vertes à vocation décorative était posé sur la moquette, tout près de la grande porte vitrée. Il n'y avait absolument personne. Deauville ne marchait que le dimanche. En semaine, c'était une ville morte.

Joseph s'accouda au comptoir de la réception et tenta d'apercevoir le bureau attenant. Mais aucun bruit ne filtrait de la pièce pourtant éclairée :

— S'il vous plaît…, hasarda-t-il d'une voix timide.

La douleur l'élança de nouveau. Nina furetait entre les plantes décoratives. Elle finit par dénicher sur une table basse un vieux numéro de *Marie-France*, qu'elle feuilleta sur un canapé.

Une vieille dame claudicante déboucha d'un couloir avec un air morose. Elle ne salua pas les arrivants, mais passa sans se presser de l'autre côté du comptoir. Elle enleva posément ses lunettes, rangea quelques papiers et consentit enfin à lever un sourcil interrogateur. Elle n'avait prononcé aucune parole. Le galeriste n'était plus que l'ombre de lui-même. La chaleur relative du hall l'avait anesthésié et il sentait maintenant fondre sur lui une implacable fatigue. Il n'avait même plus l'énergie de s'énerver devant l'impolitesse de la dame, même plus la force d'un commentaire vachard.

— Je voudrais une chambre avec un grand lit et une baignoire, s'il vous plaît, murmura-t-il simplement, d'un ton vaincu.

La dame jeta à Nina un coup d'œil appréciateur et articula d'une voix froide :

— Vous m'avez dit un ou deux lits ?

Malaise. De son canapé, Nina répondit d'une voix impatiente :

— Il vous a dit « un seul lit », je crois.

La dame haussa les épaules et tendit une clef avant de disparaître dans le bureau.

Tandis que l'ascenseur grimpait vers le quatrième et dernier étage, Joseph eut l'intuition fugitive que la femme revêche de la réception avait le même âge que lui. Il y a des regards et des jugements silencieux qui ne trompent pas. Mais il était beaucoup trop crevé pour se sentir coupable.

La chambre était petite, mais claire. Elle avait vue sur la mer et sur une grue qui déplaçait à travers le vent de gros morceaux de béton.

Sitôt entrée, Nina balança son *Marie-France*. Elle enlaça le vieil homme, chercha sa bouche, mais il se dégagea en souriant. Il lui fallait dormir, et surtout ne plus bouger. Comme par un fait exprès, le soleil darda soudainement un rayon. La tempête s'éloignait vers les terres, cédant la place à un ciel bleu profond. Nina proposa immédiatement une balade. Mais devant le peu d'enthousiasme de son compagnon d'un jour, elle se résolut à explorer Deauville en solitaire. Elle faisait bonne figure, mais commençait insidieusement à s'ennuyer auprès de cet homme fragile, qu'une virée en moto exténuait et qui avait besoin de faire la sieste après un déjeuner bien arrosé. Il lui donna deux cents francs d'argent de poche pour acheter un souvenir normand. Elle ne put s'empêcher de lui glisser une pique avant de refermer la porte :

— Qui sait ? Je vais peut-être me faire draguer par un play-boy de Deauville...

Joseph sourit avec une fausse assurance de mâle et se retrouva seul. Il enleva ses santiags boueuses et s'allongea sur le lit. Immédiatement, le sommeil l'emporta.

Lorsqu'il rouvrit les yeux, il ne vit d'abord que du mauve. Un mauve sombre qui tirait vers le noir. Il devait être huit heures et Nina n'était toujours pas rentrée. Le vieil homme en conçut une obscure angoisse. Il alluma sa lampe de chevet, écouta le murmure du vent.

Cela se passait le 9 juillet. Joseph fixa le ciel et repensa à l'étrange suite de malheurs dont il était la victime. Depuis une dizaine de jours, le destin ne cessait de frapper. Il y avait d'abord eu la rupture avec Brigitte, puis le saccage de la galerie, enfin la mort de Pascal Sublime.

Y avait-il un lien entre les deux derniers événements ? Qui pouvait en vouloir à ce point à Sublime ? Il soupira bruyamment et son gémissement résonna curieusement dans la pièce peu meublée. Tout ceci n'avait finalement aucune importance. L'élucidation de l'énigme ne promettait rien d'autre qu'une plongée dans le Paris paumé.

Mourir à vingt-deux ans. Quelle imbécillité. Le plus bête,

c'est que Joseph n'avait même pas eu le temps de lui demander pourquoi son nom avait été cité par l'étrange radio. Il se leva sans trop de difficulté et colla son visage à la vitre froide. La nuit était tombée.

Il erra en pensée le long des fréquences et se remémora une nouvelle fois le programme fantôme de 107,8. Ça n'avait strictement aucun sens, pourtant le danger affleurait. C'était une sensation inexplicable. L'impression secrète, impalpable, d'un lien diffus entre l'overdose du jeune artiste et la station de radio.

Il eut soudain une illumination. Ce fut comme un coup de projecteur dans l'obscurité. Il lui sembla tout à coup qu'il trouvait la réponse à ses angoisses. Il tenait une piste. Il se mit à ricaner tout seul dans la chambre.

Quel idiot il faisait ! S'il voulait connaître le fin mot de l'histoire, il lui suffisait de recopier les noms des personnes citées à l'antenne et de les chercher dans l'annuaire ! C'était d'une simplicité biblique. C'était bête. La solution était bête.

Il se morigéna avec indulgence. Comment n'y avait-il pas songé plus tôt ? Une vague de soulagement l'envahit, suivie d'une curieuse euphorie. Les déboires de la veille étaient déjà oubliés. Joseph ressemblait alors à un de ces joueurs d'échecs qui jubilent en solitaire lorsqu'ils inventent un coup nouveau, ou lorsqu'ils résolvent une situation particulièrement complexe.

Il était enfin décontracté, enfin heureux, enfin libre. Il n'avait plus mal du tout. Il chaussa joyeusement ses santiags. Pourquoi n'irait-il pas lui aussi se promener dans Deauville ? Lorsqu'il atteignit l'ascenseur, la porte s'ouvrit sur la jeune fille. Sans un mot, il l'embrassa fougueusement. La minuterie s'éteignit. Elle ralluma.

Il referma la lourde porte blindée et soupira d'aise. Enfin seul. L'escapade en Normandie se soldait par un bilan désastreux. Non seulement le temps avait été nul, mais le vieil homme n'avait quasiment jamais cessé d'avoir mal au dos. Partout et toujours, la torture l'avait suivi. Le pire, c'est qu'il était l'unique responsable de son malheur. Tous les spécialistes l'avaient maintes fois mis en garde : le traitement de la hernie discale exigeait que le patient abandonne tout effort physique. La moto ? Strictement interdit ! Le galeriste venait pourtant de parcourir près de trois cents kilomètres dans le sens province-Paris avec une belle fille dans le dos. Il l'avait déposée à la Muette, non loin du domicile parental, et savourait enfin la délicieuse solitude du « satellite ».

Ce week-end pris en semaine lui avait procuré bien des angoisses. Surtout lorsque Nina avait croisé, par hasard, des copains de lycée, en vacances avec leurs parents. Elle l'avait immédiatement abandonné à ses lumbago pour passer la journée entière avec des jeunes de son âge. Au début, Joseph s'en était plaint, mais la jeune fille avait réagi à ses jérémiades par une froideur insoupçonnée. Plus tard, il avait découvert par hasard qu'elle le faisait passer pour son oncle. Il prenait ses repas seul. Elle le rejoignait quand il était déjà couché et lui soutirait chaque matin quelques billets de banque.

Leur séparation fut plus que fraîche, mais le vieil homme ne souffrit point. Il connaissait par cœur les règles du jeu. Nina était moins blindée. Elle fut surprise par son indifférence. Elle le quitta avec un mélange de dépit et d'agressivité, en lui promettant néanmoins de téléphoner.

Joseph pensait déjà à autre chose. La radio ne cessait curieusement de le hanter. Sans répit, il évaluait la stratégie d'appels qu'il avait mise au point deux jours plus tôt et n'attendait que l'instant où il se retrouverait enfin seul avec le poste et un téléphone.

Il était près de vingt heures. Une chaleur moite baignait la ville. Le ciel blanc commençait à se teinter de rouge. Joseph se servit un cognac, puis il s'assit à la table d'écoute.

Il alluma la radio, la régla sur 107,8. On n'entendait encore que la « neige ». Ainsi appelait-on, en jargon radioteur, le silence hertzien qui séparait les stations. A vingt heures trente, la neige fut remplacée par une porteuse, c'est-à-dire un émetteur encore silencieux. Tout se passait comme d'habitude. Joseph se leva pour brancher le répondeur. Pas question d'être dérangé au moment crucial. Mais la machine resta obstinément inerte. D'agacement, il frappa le sol du pied. Voilà pourquoi il n'avait jamais de message. Comment avait-il pu oublier que le vieil enregistreur américain avait rendu l'âme ?

Il haussa les épaules, posa sur le bureau plusieurs feuilles de papier blanc et un feutre dont il vérifia l'encrage. Il consulta sa montre : vingt et une heures.

La voix démarra :

« Liste du samedi 12 juillet 1981. Il est vingt et une heures. Jacques Abadie, Fernande Abert, Gilbert Adam, Alain Amar, Noureddine Aziz... »

Immédiatement, Joseph se mit à noter frénétiquement les noms :

« ... Emmanuel Lomenie, Gonzague de Maupertuis, Abraham Mimoune, Nathalie Markovic, Ernest Nathanson,

Gilbert Nardier, Ruth Nestorius, Zoé Oprécy, Valérie Quent... »

Il était devenu le scribe de la fréquence secrète. Lorsque retentit l'habituel message de fin – « C'était notre émission du samedi 12 juillet. Nos émissions reprendront demain dimanche 13 juillet 1981 à vingt et une heures » –, il avait noirci près de cinq feuillets.

Il éteignit la radio et saisit un annuaire. Le premier nom était donc Jacques Abadie. Il tourna rapidement les pages, resta sans voix. Il y avait plus de cent Abadie, dont au moins quarante Jacques. Que faire ? Il n'allait tout de même pas les appeler tous.

Il réfléchit quelques instants. La nuit était tombée ; une délicieuse fraîcheur commençait à s'installer. Mais Joseph n'était pas d'humeur à savourer l'absence de pluie. Il décida de ne plus s'intéresser qu'aux noms imprononçables et rares. Tout de suite, il sélectionna Gonzague de Maupertuis. Hélas ! Il n'y en avait aucun dans l'annuaire. L'autre devait être sur liste rouge. La traque se révélait difficile. Il essaya Ruth Nestorius, et la trouva. Un point.

Pour plus de sûreté, il nota encore plusieurs numéros et décrocha enfin son téléphone. Autant commencer par Nestorius. Son numéro était le 720 70 53. Il commença à composer les chiffres, mais fut aussitôt pris d'un légitime scrupule. Chaque émission durait précisément trente minutes. Il était donc plus de vingt et une heures trente. Cela ne se faisait pas d'appeler des inconnus à une heure pareille. Mieux valait attendre le lendemain matin. Sans compter que le vieillard était fourbu. Il lui fallait impérativement reposer son corps malade. Il se leva lourdement, puis se déshabilla sans se presser, en laissant traîner ses vêtements.

Son lit était resté défait, dans l'état même où il l'avait quitté. Mais il se coucha avec délice entre les draps douteux, mit ses boules Quiès et bascula immédiatement dans un puits sans fond.

DIMANCHE 13 JUILLET

Il fut la victime d'une étrange insomnie. Anormalement lucide dès quatre heures du matin, il resta assis dans son lit à attendre l'aube, en ressassant une obscure angoisse qui semblait infondée.

Pour passer le temps, il alluma la radio et subit les programmes pimpants et matinaux de *R.F.M.* Histoires drôles et infos-circulation se mêlaient en une molle et fade mayonnaise. Les animateurs parlaient faux et la musique des années soixante-dix avait l'air plus encore plus antique que les airs de Damia et Fréhel que Joseph fredonnait lorsqu'il était enfant. Les radios libres venaient à peine de naître qu'elles songeaient déjà à singer leurs aînées. *R.F.M.* n'avait en somme qu'une seule qualité notable : elle était l'une des rares stations qui donnât l'heure en direct. Joseph pouvait ainsi attendre tranquillement que viennent dix heures. Tel était en effet le seuil de décence qu'il s'était imposé. Car il fallait en finir aujourd'hui même, porter l'estocade, régler cette affaire et passer à autre chose.

Il réalisa soudain qu'il n'avait jamais parlé à personne de son étrange fréquence. Comme si le secret n'était destiné qu'à lui. Comme si le mystérieux poste n'émettait que pour lui. Comme si, enfin, il s'était approprié l'énigme. Il n'était pas rasé.

Le ciel blême du petit matin commençait à se diviser en deux. A gauche, du côté de Boulogne-Billancourt, l'azur était bleu clair. Mais à partir du Trocadéro, une énorme masse nuageuse dominait Paris. Il faisait doux, mais l'air humide laissait flotter une promesse de grande chaleur. Le thermomètre grimpait en général sur le coup des cinq heures de l'après-midi, pour atteindre vingt-huit, voire même trente degrés.

Joseph s'accouda à la balustrade géométrique de sa fenêtre et contempla la ville. Il y avait encore peu de monde dans les rues. Çà et là, on apercevait les points colorés des passants, près de cent mètres plus bas.

Il se mit à sourire ; on aurait dit qu'il grimaçait. Car seul le côté droit de sa bouche se crispait en un rictus blasé. Ce n'était pas un éclatant sourire de bonheur, mais l'expression d'une résignation, d'une défaite assumée, d'un combat perdu d'avance, par faute d'intérêt à la joute. Il soupira et fixa machinalement le trajet d'une moto sur le pont Mirabeau. Pourquoi était-il à ce point obsédé par la minable radio éphémère ? Sa vie libertine était-elle donc si fade et ramollie ? Ou bien avait-il raté sa vocation de journaliste ? Le mot de « vocation » lui arracha un petit cri comique qui ressemblait à un couinement de souris. Il est vrai qu'il n'avait jamais encore ressenti ni envie ni grande passion. Alors, la « vocation »…

R.F.M. claironna qu'il était enfin dix heures.

Pour le vieil homme, ce fut comme un électrochoc. Sortant brutalement de sa rêverie, il coupa la radio et composa immédiatement le numéro de Ruth Nestorius. Il s'aperçut alors que son cœur battait la chamade. Tandis que la connexion s'établissait, il sentit la panique le submerger. Sa main droite, celle qui tenait le combiné, était tout humide de sueur.

Une sonnerie retentit, quelque part dans Paris. Joseph retenait son souffle, mais il ne se passa rien. Cinq, dix, quinze coups sonnèrent dans le vide. Il raccrocha avec un obscur soulagement. Ruth Nestorius n'était pas chez elle.

Son enquête démarrait en tout cas fort poussivement. Il consulta fébrilement sa liste et cocha le nom de Gilles Werther. Il fit lentement le numéro, pour être bien sûr de ne pas se tromper. Occupé ! Ça sonnait occupé, donc il était là. A moins, bien sûr, qu'un autre correspondant ne tentât de l'appeler en même temps.

Joseph se força à faire les cent pas. Il ramassa un « Poche » de Boris Vian qui traînait par terre. Sans doute un oubli de Nina. Tiens, au fait, elle n'avait pas appelé. Il ralluma *R.F.M.* et l'éteignit aussitôt.

Au bout de quatre interminables minutes, il se décida enfin à rappeler Gilles Werther. Ça sonnait. Il avait pris de l'assurance et se sentait presque comme un fauve à l'affût. Mais personne ne décrocha. C'était à n'y rien comprendre.

Déçu, il finit par reposer le combiné au bout de vingt sonneries. Il fut alors saisi d'une curieuse tentation. Il eut soudain envie de tout laisser tomber, de plaquer sa foireuse enquête. Peut-être valait-il mieux ne rien savoir... La vérité n'allait-elle pas être horriblement décevante et plate ?

Il décrocha de nouveau et composa le numéro d'une certaine Zoé Oprécy. La ligne était libre. Quatre coups sonnèrent, avant qu'une voix de femme âgée, fatiguée, résonnât dans l'oreille de Joseph.

— Allô ? Vous êtes madame Zoé Oprécy ?

— Je regrette, monsieur, mais Zoé Oprécy est décédée.

— Oh, excusez-moi.

Il raccrocha vivement. La conversation n'avait pas duré plus de quatre secondes. Il resta interdit. Morte ? Il s'attendait à tout, sauf à ça. Décidément, sa quête semblait vouée à l'échec. Mais Zoé Oprécy était peut-être malade. Peut-être avait-elle succombé à une crise cardiaque ou à une rupture d'anévrisme. Il n'avait pas eu de chance, voilà tout.

Il appela au hasard un autre numéro, et tomba sur un répondeur au message codé :

« Bonjour, vous êtes chez moi, moi pas, alors laissez un message ou appelez au bureau. »

Lorsque survint le bip, Joseph faillit parler, mais se ravisa d'instinct. Tout cela était beaucoup trop imbécile. S'il continuait comme ça, il était bon pour bon l'asile.

Il enfila rapidement un tee-shirt à l'effigie des Rolling Stones et un jean délavé.

Quelques minutes plus tard, il fonçait à cent trente sur la voie expresse rive droite. Destination « Casablanca ».

Il mordit voluptueusement dans son Big Mac et, d'un doigt agile, saisit une super-frite. Le *fast-food* était bourré de lycéens bruyants qui se poussaient du coude en glapissant et sirotaient sans fin des Fanta orange. Tout en savourant le sandwich *made in U.S.A.*, il songea avec étonnement qu'il supportait de moins en moins la compagnie des vivants. Ses véritables amis n'étaient-ils pas aujourd'hui ces morts radio-phoniques qu'il tentait vainement de joindre ? Il aurait pour-tant dû s'estimer comblé. La journée d'hier avait été fertile en rebondissements amoureux.

Tout avait débuté bien sagement. Il avait passé la journée à « Casablanca ». Il avait eu envie de changer la décoration et s'était vaguement amusé à dessiner des plans d'intérieur, far-felus et futuristes. Puis il avait fait semblant de travailler en feuilletant quelques revues d'art récemment arrivées : *L'Art vivant*, *Village Cry*, *File...* Il en avait même fini par oublier la radio.

Sur le coup de quatre heures, sa journée de pseudo-labeur avait été interrompue par l'arrivée inopinée d'une Nina enfantine et gênée, qui regrettait son comportement de Deauville. Elle disait vouloir renouer. Elle était contradic-toire, mais Joseph avait feint de ne pas s'en apercevoir. Il connaissait trop la psychologie des jeunes filles pour s'étonner d'une saute d'humeur ou d'un comportement incohérent. Il était clair que Nina était secrètement attirée par cet homme plus âgé. Sans compter qu'on était en plein cœur de juillet. La plupart de ses petits copains devaient être partis en vacances. Nina s'ennuyait ferme, toute seule à Paris. Et Joseph était un homme fastueux : il payait les restaurants, sortait en boîte de nuit, offrait des voyages... L'affaire était donc assurée, et assurément sans lendemain. Un coup, elle l'aimerait, un coup, elle s'en foutrait.

Elle l'avait donc entraîné dans son tendre sillage. Ils étaient allés au cinéma, où elle avait tenu à voir un film culte new-yorkais dont tout le monde parlait : *Eraserhead*. C'était un long délire visuel en noir et blanc signé par un jeune cinéaste encore inconnu, David Lynch. Les journaux l'encensaient. On lui prédisait sans risque d'erreur un avenir aussi doré que celui d'Amos Poe, autre réalisateur d'avant-garde, dont le film *The Foreigner* venait tout juste de sortir.

Plus tard, ils avaient dîné à la chandelle dans un coûteux bistrot des Halles. Par jeu, Nina n'avait cessé de souffler la bougie pour mieux la rallumer avec des yeux qui brillaient. Elle était un petit peu pyromane. Joseph lui souriait, lui murmurait des compliments, lui narrait des anecdotes de vernissage qui la faisaient rire aux éclats. Mais au fond de lui-même, il s'ennuyait à périr. Son visage souriait et ses yeux étaient sombres. Sans cesse, il consultait sa montre, l'esprit ailleurs. A neuf heures, dans le noir de la salle de cinéma, il avait songé à Ruth Nestorius qui ne répondait pas, à Zoé Oprécy qui était morte, et à tous ceux qu'il aurait dû être en train d'appeler. Il se sentait inexplicablement fautif, un peu comme un enfant qui n'aurait pas fait ses devoirs.

Plus tard, Nina l'avait emmené pour la première fois dans son petit studio mansardé de la rue du Docteur-Blanche, dans le seizième. Les murs étaient couverts de papier peint rose. Ça sentait la jeune fille et le vieil homme lui avait délicatement ôté son petit soutien-gorge de dentelle blanche, avant d'embrasser doucement le triangle du pubis. Il s'était endormi en pensant une dernière fois à la radio. Émettrait-elle encore demain ?

Il termina son cornet de frites, pipa une gorgée de Coca-Cola et sortit du Mac Do en savourant sa liberté retrouvée. Il avait eu un mal de chien à se débarrasser de la lycéenne enamourée, prétextant fatigue et mal au dos pour qu'elle consente enfin à le laisser en paix.

Il était donc seul, face à lui-même, à sa radio, à son enquête...

Enfourchant sa Harley, il se dirigea à petite vitesse vers la maison. Le soir allait bientôt venir et il avait du travail. Il régnait une chaleur poisseuse. Le ciel plombé annonçait un orage.

Tout en roulant sur le quai rive gauche, il fit rapidement le point. Pouvait-il exister un quelconque lien entre Pascal Sublime et cette madame Zoé Oprécy ? Tous deux avaient été cités sur 107,8, juste avant de mourir. Mais ils étaient noyés dans un tel flot de noms que toute piste en était brouillée. De toute façon, aucun d'eux ne pourrait plus témoigner. Non, leur mort ne pouvait qu'être fortuite. La disparition de Sublime pouvait en revanche s'expliquer par le saccage de la galerie. Ou Sublime n'avait pas supporté la destruction de son «œuvre», ou les inconnus qui avaient piétiné ses Tampax voulaient en finir avec lui.

Alors, suicide ou assassinat ? Tout était terriblement confus. Plus il avançait, plus le mystère s'épaississait et plus il éprouvait le curieux besoin de le résoudre par tous les moyens. N'était-il pas lui aussi concerné ? Si Sublime avait été assassiné, il était évidemment un témoin privilégié. D'autant qu'il nourrissait des soupçons très nets sur le mystérieux « copain » aux points blancs et à la voix molle.

Une évidence fulgura. Il n'avait qu'à décrocher son téléphone. La police ne serait-elle pas passionnée par son récit ?

« Bonjour, mon nom est Joseph Frey. Je vous appelle parce

que j'écoute tous les soirs une radio qui donne des listes de noms. Je me demande si elle n'est pas mystérieusement liée à la mort par overdose d'un jeune artiste et au décès d'une dame que je ne connais pas. »

Il éclata de rire et faillit en perdre le contrôle de sa moto. La tête du commissaire ! Personne ne croirait un traître mot de son histoire. Son antipathie pour le copain ne justifiait pas une dénonciation. Il n'avait ni preuve ni fait tangible. Rien qu'un recoupement d'indices ; une série de fantasmes qui rappelaient les intrigues des « Maîtres du Mystère », sur Inter-Variété, au début des années soixante. Joseph avait la nostalgie de ces pièces radiophoniques pleines de portes grinçantes et d'effleurements suspects, qu'il écoutait le soir, pelotonné au fond de son lit, alors que sa femme dormait déjà, écrasée de somnifères. La police n'était finalement d'aucune utilité. Il devait d'abord avancer pour dénicher une preuve.

Sitôt la porte du « satellite » refermée, il plongea avec résolution dans sa liste et entreprit de rappeler tous ceux qui n'avaient pas encore répondu.

A commencer par la fameuse Ruth Nestorius, qui s'était jusqu'ici révélée injoignable. Il composa fermement le 720 70 53 et attendit. Au bout de deux sonneries, une voix d'homme répondit :

— Allô ?

— Bonjour, excusez-moi de vous déranger, mais j'aurais souhaité demander un renseignement à Ruth Nestorius.

Un blanc. La voix reprit :

— Un renseignement ? Quel genre de renseignement ?

— C'est à propos d'une radio, mais j'aimerais lui en parler personnellement.

— L'ennui, c'est qu'elle ne peut pas vous parler.

— Et quand puis-je la rappeler ?

— Elle est décédée aujourd'hui même à l'hôpital Boucicault.

Joseph faillit laisser tomber le combiné. Il déglutit péniblement. Il avait une boule dans la gorge.

— Je suis vraiment… désolé. Elle était malade ?

— Cancer.

— Excusez-moi, monsieur. Je suis navré.

Il raccrocha machinalement, et resta les bras ballants, seul au centre de son appartement.

Il sentit alors naître en lui un picotement diffus qui ne le quitta plus. Pour la première fois depuis très longtemps – quand ? il ne s'en souvenait plus ; la guerre, peut-être… –, il avait peur. Mais pourquoi ? Après tout, cette affaire ne le concernait pas directement.

Il était près de huit heures, et le jour commençait à décliner.

On entendit au loin un coup de tonnerre. Au-dessus du Sacré-Cœur, de l'autre côté de la ville, le ciel était exagérément noir. Par contraste, les derniers rayons du soleil transformaient la Seine en fleuve d'or, tandis que l'horizon encore blanc devenait luminescent. La nuit s'empara bientôt du monde. Joseph alluma la lampe du bureau.

Il était maintenant la proie d'un épouvantable doute. Quel était donc le secret de la radio inconnue ? Était-il possible qu'elle donnât uniquement… des listes de morts ? Et d'abord, comment l'animateur connaissait-il les disparus du jour ? Joseph s'allongea en travers du lit et réfléchit lentement, posément. L'homme devait se contenter de recopier la page nécrologique du *Figaro* ou du *Monde*… Mais l'explication ne tenait pas debout. Sublime en était la preuve flagrante. Lui aussi était mort. Et son nom avait été lu à l'antenne bien avant la publication d'un quelconque faire-part. Il restait bien sûr une hypothèse simpliste, selon laquelle l'échafaudage entier reposerait sur une suite de coïncidences troublantes. En résumé, les noms seraient cités au hasard par un radioteur facétieux, et Joseph souffrirait sur le tard d'un délire paranoïaque. Mais comment croire à une telle version ?

Il frissonna, consulta sa montre. Neuf heures ? D'un bond

qui lui procura un fugitif coup de poignard sous la moelle épinière, il alluma la radio et se cala sur 107,8. L'émission venait tout juste de commencer. La voix égrenait froidement sa litanie, sans manifester la moindre once d'émotion. Ça devenait lassant : « ... Igor Panine... » Panine ? Ce nom russe lui rappelait quelque chose de précis, mais quoi ? Soudain, il se souvint. L'homme zonait dans les milieux de l'art, affirmant à tous les vents qu'il appartenait à l'antique noblesse tsariste. Il achetait parfois des œuvres contemporaines et traînait souvent ses luxueuses guêtres à « Casablanca ». C'était un gros homme fastueux et excentrique, que les mauvaises langues disaient proche de l'ambassade soviétique. Pour Joseph, il avait toujours été un assez bon client qui réglait parfois en dollars. Comment pouvait-il se retrouver sur la liste improbable ?

Il devait avoir son numéro dans un carnet d'adresses.

Il le cherche, mais où diable est passé le petit calepin noir ? Il n'est ni sur la table ni dans les tiroirs.

Le galeriste fila dans l'entrée et fouilla les poches de ses blousons. Un coup de tonnerre déchira subitement l'air, tandis qu'une rafale de vent s'engouffrait dans le « satellite », dispersant les papiers posés sur le bureau.

Joseph retrouva le calepin au fond de la poche intérieure de son cuir. Il décrocha son téléphone à l'instant même où une pluie torrentielle se mettait à tomber. Des gouttes d'eau éclaboussèrent le poste de radio, qui continuait imperturbablement à diffuser l'émission. D'un geste brusque, il éteignit.

— Bonjour, je voudrais parler à Igor Panine.

A l'autre bout du fil, une femme à l'accent étranger :

— Oui, bien sûr. Ne quittez pas, s'il vous plaît.

Elle reposa le combiné sur une table, et Joseph entendit qu'on ouvrait une porte. Il était terriblement concentré et collait son oreille à l'écouteur pour ne rien rater de ce qui allait suivre. On entendit un pas traînant, puis l'appareil racla la table avant d'être soulevé :

— Allô ?

— Igor ?

— Oui ?

Il était vivant.

— C'est Joseph Frey à l'appareil.

— Joseph, c'est vous ? Comment allez-vous ? Ça marche, les Tampax ?

— Je suis désolé de vous appeler le soir chez vous. Je sais que c'est impoli, mais je dois absolument vous voir.

— Pourquoi, vous avez un Tampax à vendre ?

Non. En réalité, c'est assez complexe, mais je peux difficilement en parler au téléphone. Puis-je passer chez vous tout de suite ?

— Vous m'intriguez, Joseph. Venez d'ici une demi-heure. Et surprenez-moi.

Il y avait du rire dans sa voix. Igor était un personnage rabelaisien, aux fous rires « hénaurmes » et à l'appétit « kolossal ». L'entrevue promettait d'être épique. Joseph se sentit complètement idiot. Qu'allait-il lui raconter ? Qu'il avait entendu son nom sur une radio pirate, et que des gens cités à l'antenne étaient morts de maladie, d'arrêt cardiaque ou d'overdose ? Il voyait d'ici la réaction : un sourire incrédule, suivi d'une explosion, d'un geyser de rire. Igor le prendrait pour un dérangé occidental, ou pour un... gâteux. A moins évidemment qu'il ne connût, lui aussi, la fréquence cachée. Tout était possible.

Il attrapa son cuir et se jeta dans l'ascenseur, qui le déposa rapidement rue Robert-de-Flers, où l'attendait sa fidèle et résistante Harley. La rue Robert-de-Flers n'était pas tout à fait une artère comme les autres, car elle passait directement sous la tour Reflets. En fait de rue, il s'agissait plutôt d'un large tunnel moderne, que baignait constamment une lumière orangée. Il n'y pleuvait pas, mais les parois de béton réverbéraient à l'infini le grondement de la trombe qui se déversait à quelques centaines de mètres.

Joseph démarra sur les chapeaux de roue et fonça sur le rideau de pluie qui le séparait du monde réel. En une seconde, il fut trempé jusqu'aux os. C'était beaucoup plus qu'une averse de chaleur. Le vieil homme progressait au cœur d'une véritable tempête, sous un ciel zébré d'éclairs et sur un sol transformé en cours d'eau boueux.

A plusieurs reprises, il faillit perdre le contrôle, mais réussit tout de même à maintenir le cap. Il n'avait pas mis de casque et sa crinière blanche lui faisait penser à une serpillière. La pluie venait régulièrement l'aveugler.

Igor Panine habitait un magnifique hôtel particulier de la place des États-Unis, juste en face de l'ambassade de Yougoslavie. Joseph dut traverser la Seine au pont du Trocadéro, puis il prit la direction d'Iéna.

C'est alors qu'un virage en pente lui fut fatal. A l'instant même où il s'essuyait les yeux du revers de son blouson, il se sentit partir et glissa sur plusieurs dizaines de mètres. Par chance, l'avenue était vide. Joseph fut éjecté et atterrit sur une pelouse trempée et boueuse, tandis que la moto percutait violemment de grandes poubelles en plastique vert. Il n'y avait personne à l'horizon. Seul un feu orange clignotait ironiquement.

Il se releva avec peine et constata que son pantalon était déchiré à la jambe droite. Quand il voulut marcher pour récupérer sa bécane, il dut se rendre à l'évidence. Il avait dû s'entailler la cuisse, car il avait du sang jusque dans la chaussette. Il sentit alors le découragement l'envahir. La pluie redoublait. Que faire ? Devait-il rentrer à la maison, chercher une pharmacie de garde ou appeler police-secours ? Il était si fatigué... Soudain la rage le prit. Relevant sa moto avec peine, il enclencha le démarreur en jurant. Mais le moteur semblait noyé. Il donna un vigoureux coup de pied à l'engin inutile, et l'abandonna contre un réverbère, non sans l'avoir soigneusement cadenassé. Même en panne, les Harley attisaient la convoitise.

Sa jambe ne le faisait heureusement pas souffrir. L'accident avait eu lieu au coin de l'avenue Robert-de-Mun et de l'avenue du Président-Wilson. La place des États-Unis n'était qu'à dix minutes. Bravant la pluie torrentielle et froide, il clopina jusqu'à son rendez-vous, jambe saignante et pantalon déchiré.

Il atteignit son but au moment précis où l'averse s'arrêtait. Paris reprit vie. On entendit au loin une fenêtre qui s'ouvrait, libérant des effluves de musique classique. Un taxi en maraude longea le trottoir, mais Joseph n'y prêta aucune attention. Il croisa un couple chic et pressé. La femme portait un drôle de chapeau melon à plume. Elle le regarda bizarrement. Il est vrai qu'il avait triste mine. La température avait sensiblement chuté et le vieil homme éternua à plusieurs reprises.

La première vision qu'il eut en atteignant la place fut celle d'une ambulance, garée tous feux éteints devant la résidence de l'amateur d'art. La porte cochère était entrouverte, ce qui était fort inhabituel, puisque Panine occupait tout l'immeuble de deux étages et que le hall d'entrée donnait directement chez lui.

Joseph entra avec circonspection. Il se retrouva dans un grand hall éclairé qu'ornaient de magnifiques gravures de Cocteau. Adossée au mur immaculé, une vieille dame bien mise s'épongeait les yeux avec un mouchoir brodé de communiante. Elle l'ignora totalement. Il fallait pourtant qu'il sache. Il lui adressa la parole avec componction :

— Pardon, madame, je cherche Igor Panine, s'il vous plaît...

La femme le dévisagea comme s'il venait de débarquer d'un vaisseau spatial en provenance de Mars. Pour toute réponse, elle murmura quelque chose en russe. Puis elle renifla dans son mouchoir et détourna les yeux en maugréant. Elle ne parlait sans doute pas français.

Joseph se résolut à grimper l'escalier monumental, décoré de toiles abstraites de Kandinsky, Mondrian, Jorn, qui conduisait au salon. Ses santiags boueuses laissaient des marques sur l'épais tapis grenat.

Un jeune infirmier passa avec un air affairé. Joseph le saisit par le bras :

— Il y a eu un accident, ici ?

— Une attaque. Mais on ne peut rien faire. Le monsieur est décédé. Vous êtes parent ?

L'homme s'exprimait d'une voix monocorde, vaguement ennuyée. L'habitude.

— Mais qui est mort ?

— Le propriétaire. Je suis désolé, mais je connais pas son nom. Toutes mes condoléances.

Une zone blanche, éblouissante, l'impression de flotter interminablement dans l'éther, de ne plus avoir de corps, enfin, la chute, le retour au réel et, prosaïquement, le choc du menton sur le tapis. L'infirmier était déjà parti. En somme, personne n'avait rien vu.

Joseph se réveilla dans une posture vaguement comique. Il était allongé de tout son long en travers de l'escalier avec la tête en bas et les pieds en haut. Que lui arrivait-il ? De quelle étrange sorcellerie était-il la victime ? Il ne se reconnaissait plus. C'était la première fois en quarante ou cinquante ans qu'il s'évanouissait sous le coup d'une émotion. Son front était trempé de sueur et il pouvait à peine respirer. Il ouvrit son blouson mouillé.

Il était bouleversé. Son cerveau fonctionnait à vide et il se trouva incapable d'une pensée cohérente. Pourquoi Panine ? Pourquoi Sublime ? Pourquoi les autres ? Il devenait fou, ou quoi ?

Il tâta sa jambe par la déchirure du jean et ses doigts touchèrent une croûte épaisse et poisseuse. Par chance, il ne saignait plus.

Au premier, on entendit soudain une porte claquer, puis des éclats de voix en russe, des pas qui allaient et venaient.

Joseph fut pris de panique. Il ne fallait surtout pas qu'on le rencontre ici. Quelle que soit la clef de l'énigme, il devenait dangereux de trop s'approcher des morts. Cette radio puait. Il fallait s'en éloigner, foutre le camp au plus vite. Une porte s'ouvrit sur le palier du second.

En un éclair, Joseph dévala les marches, bouscula la vieille femme qui devait avoir son âge et s'enfuit dans la rue comme un voleur en cavale. Mais sa hernie le força bientôt à s'arrêter au beau milieu de l'avenue d'Iéna. Il se laissa tomber sur un banc trempé et resta là, les yeux dans le vide et le cerveau en plein chaos. Le frais manteau du soir tomba alors sur ses épaules, tandis que le feu d'artifice du 14-juillet éclatait joyeusement au-dessus de l'Arc de triomphe.

MARDI 15 JUILLET

Il ouvrit un œil glauque, regarda sa montre : avait-il la berlue ? Le petit cadran à quartz indiquait dix-sept heures trente. Joseph avait donc dormi plus de quinze heures. Il avait horriblement mal à la tête et se pelotonna sous le drap pour ne pas voir le jour. La sonnette retentit une nouvelle fois. Il refit surface en somnambule et s'extirpa du lit avec peine. Il grogna des mots sans suite dans sa barbe grise :

— Si ce n'est pas malheureux ! Mais on ne pourrait pas me fiche la paix une bonne fois pour toutes ? Le sommeil, ça se respecte, non ?

Il se mit enfin debout et réalisa tardivement qu'il s'était couché tout habillé, avec son pantalon déchiré et ses santiags boueuses. Il y avait des traînées brunâtres sur le drap blanc, qui n'était déjà pas très net au départ. C'était la faute de ces maudites bottes. Il les enleva et les balança à travers la pièce. Il était encore plongé dans une hébétude comateuse. Il se sentait courbatu et endolori. Il jeta un œil par la fenêtre et vit un ciel bleu profond. Il éternua très fort. Sans doute avait-il attrapé froid. La longue stridence impérative retentit de nouveau. L'autre semblait scotché au bouton.

Il faillit ouvrir, mais se ravisa au dernier moment, préférant regarder par le judas. C'était l'éternelle Nina. Encore ? Pourquoi ne voulait-elle pas comprendre que leur liaison était sans issue ? Seule la douleur y mettrait un terme. Alors, à quoi bon jouer avec les sentiments ? Joseph ne se sentait pas l'âme d'un Casanova du troisième âge. Il valait mieux que cette petite l'oublie vite. Pour l'heure, elle le barbait. Chaque seconde passée avec elle n'était-elle pas volée à son enquête ? C'était quand, la rentrée ? Pourquoi fallait-il toujours qu'il s'entiche d'une caricature de *Mademoiselle âge tendre* ? Elle se mit à tambouriner, et le bruit des petits poings sur le fer faisait penser à la grêle. Pendant un quart de seconde, il fut ému. Mais l'étincelle s'éteignit d'elle-même.

Joseph retourna vers son lit à pas de loups et se tint exagérément immobile au milieu de la pièce. Pourvu qu'elle se lasse ! De toute façon, la moto n'était pas en bas. Elle allait sûrement en conclure qu'il était en vadrouille. Les coups cessèrent enfin. Il crut entendre son nom, prononcé d'une voix d'enfant. La sonnette retentit encore une dernière fois, puis le silence s'établit.

Joseph revint à la porte et vérifia qu'il était sauvé. Il aspira une grande goulée d'air tiède et, se retournant à moitié, coula un regard de tendresse à son poste de radio. Personne ne devait plus l'empêcher de mener son enquête.

Ses pieds nus rencontrèrent alors un petit monticule de papiers. Il baissa les yeux et s'aperçut que, depuis ce week-end, il avait complètement oublié le courrier que la gardienne glissait chaque matin sous sa porte.

Saisissant les quelques lettres en souffrance, il se laissa tomber dans un fauteuil. Il y avait les P.T.T., l'E.D.F., une carte postale d'un de ses fils avec une vue du port de Concarneau (« Nous passons des vacances superbes. Il fait un temps splendide. ») et un tract jaune ronéotypé dans lequel une station nommée *Oblique* se plaignait de ne pas figurer dans le plan d'autorisation des radios F.M. Elle invitait tous les Parisiens à manifester en masse, le 15 juillet, au rond-point des Champs-Élysées, pour « le premier rassemblement historique des auditeurs mécontents ».

Joseph mit au moins cinq secondes à réaliser que cette invitation pouvait être, mais oui, déterminante. Le 15 juillet, n'était-ce pas aujourd'hui? Il remercia silencieusement la Providence et l'ange qui veillait probablement sur lui. Il devait absolument participer à cette manifestation. Elle lui permettrait sans nul doute de rencontrer tous les vrais « pros » des radios libres, et, pourquoi pas, de les questionner sur 107,8. Peut-être certains d'entre eux connaissaient-ils déjà la fréquence éloignée? L'écoutaient-ils régulièrement? En connaissaient-ils les animateurs ou le directeur? Allait-il rencontrer l'un d'entre eux? Son cœur battit la chamade.

Mû par une impulsion étrangement enfantine, il embrassa le tract et se mit en quête de vêtements propres... et secs.

La Harley étant toujours accrochée à un lampadaire du Trocadéro, il dut prendre un taxi à la station de l'hôtel Nikko et se fit déposer au rond-point en quelques minutes.

Joseph était un homme naïf. Il pensait sincèrement que ses passions minoritaires étaient partagées par la majorité des gens et ne doutait pas un instant que les radios libres fussent largement écoutées. Il s'attendait donc à un grand rassemblement populaire, avec vendeurs de merguez et lâcher de ballons. Mais la F.M. n'en était qu'à ses balbutiements. Les gros réseaux européens ne s'affrontaient pas encore pour le contrôle des tranches d'âge ou des territoires de l'Est, et les jeunes pirates qui se lançaient à l'assaut des ondes ne pouvaient encore compter que sur des auditoires réduits.

Sur l'esplanade du rond-point des Champs-Élysées, il n'y avait strictement personne. En fait de manif, seuls quelque dix ou douze clampins se pressaient frileusement autour d'une petite camionnette bleue, surmontée d'une banderole mal peinte à la main : «*Oblique* veut vivre!» Une sono maigrelette diffusait à faible puissance du rock californien. Joseph ne cacha pas sa déception. Ainsi donc, les radios libres n'intéressaient personne? Il se mêla à l'assemblée et attendit vaguement qu'il se passe quelque chose. Il avait encore mal au dos. Toujours cette sensation d'un poignard qui le fouaillait en permanence.

Un jeune type brun à l'œil pétillant et au sourire un peu trop commercial monta sur le marchepied de la camionnette en tenant un mégaphone :

— Un, deux, on m'entend, là ? Bon. Attention les yeux, hein ? *Oblique* est dans la rue pour protester contre l'attitude inique du gouvernement qui veut museler les radios libres qui passent du rrrrrrrrrock !

Son intervention se termina sur un vigoureux cri de bête sauvage, suivi d'un gargouillis baveux assez prolongé. L'assistance se pâmait et plusieurs cris suraigus ponctuèrent la performance, tandis que le rock californien reprenait de plus belle.

La plupart des manifestants étaient bien sûr des copains de l'orateur. Ils se pressèrent autour de lui pour le féliciter. Joseph ne savait comment l'aborder. Il avait l'impression de s'immiscer dans une réunion de famille. L'autre finit par se lancer dans une grande discussion en tête à tête avec un petit homme au visage tavelé par une vieille varicelle. N'écoutant que son audace, le galeriste décida d'intervenir dans la conversation. Il s'approcha comme pour écouter et son intrusion envahissante eut l'effet escompté. Les deux hommes en mal de confidence s'interrompirent au milieu d'une phrase et le jeune responsable d'*Oblique* finit par lui demander ce qu'il voulait. Joseph chercha ses mots avec soin :

— Je fais des recherches sur une radio vraiment très spéciale qui émet sur 107,8 mégahertz. Peut-être la captez-vous, à moins que...

L'autre lui coupa la parole d'une voix heurtée :

— Stop, mec ! Moi, ma radio, elle s'appelle *Oblique* et je n'écoute qu'elle. *Music and news*, quoi ! Alors désolé, mais...

Une voix frêle l'interrompit. C'était le petit homme à la varicelle. Il considéra Joseph avec, dans l'œil, une lueur de sympathie :

— Ce que dit monsieur est très intéressant.

Il lui tendit une main molle :

— Je suis Jacques Tazartès, du *Matin-Magazine*. Je prépare une série d'articles sur les radios les plus pittoresques de la bande F.M. On pourrait peut-être discuter de votre trouvaille.

Joseph ne put refréner un sourire victorieux, qui éclaira fugitivement son visage parcheminé et le rendit beau :

— C'est une bonne idée. Discutons.

Tandis que l'âme d'*Oblique* remontait sur le marchepied pour une nouvelle harangue bestiale, Tazartès proposa au vieux galeriste de boire un café au bistrot qui faisait l'angle de la rue Marignan et de l'avenue Montaigne.

Ils s'attablèrent dans un coin isolé. Joseph contemplait le journaliste avec suspicion. Devait-il tout lui révéler, ou bien valait-il mieux taire certains événements ? L'autre avait un air chafouin qui ne lui disait rien.

Il but une gorgée de café brûlant et se jeta enfin à l'eau, sans rien omettre des soupçons qu'il nourrissait.

Lorsqu'il eut terminé son exposé détaillé, Jacques Tazartès partit d'un sifflement admiratif, avant de mâchouiller silencieusement le sandwich au jambon qu'il venait de commander. Il était vêtu d'une chemise à carreaux assez vulgaire et tout son être respirait une certaine veulerie. La bouche pleine, il livra finalement le fruit de sa méditation :

— Vous êtes sûr et certain que 107,8 donne des listes de morts ?

Joseph leva les yeux vers lui avec suspicion. A quoi rimait cette question inutile ? Il n'avait rien compris, ou quoi ? Il finit par balbutier un « oui » d'évidence.

— Vous vous trompez, reprit l'autre.

Il avala une gorgée de bière brune et reprit posément :

— Cette radio donne les noms de gens vivants qui mourront plus tard. Les décès n'arrivent qu'après les émissions.

Le galeriste resta interdit. Où voulait-il en venir ?

Tazartès continua sur un ton neutre :

— Il est tout à fait envisageable que la station donne des consignes à d'éventuels exécuteurs. La liste lue à l'antenne pourrait n'être qu'une commande de crimes.

— Mais ce ne sont pas des meurtres ! Ruth Nestorius est morte d'un cancer.

— Qu'en savez-vous ?

Joseph ne sut que répondre. Qu'en savait-il, en effet ? Il s'était contenté de croire sur parole une voix anonyme entendue au téléphone. Le journaliste croisa son regard un centième de seconde, puis il continua d'une voix où perçait maintenant la tension :

— Je crois que vous êtes un spécialiste de la radio. Par conséquent, vous devez savoir ce que sont les *number stations*.

Joseph eut l'impression palpable qu'un voile se déchirait devant ses yeux. Comme tout devenait simple. Il avait déjà capté par hasard plusieurs de ces radios ultra-secrètes. On les rencontrait parfois à certaines heures sur les ondes courtes. Les *number stations* étaient des émissions codées diffusées par les pays de l'Est à l'intention de leurs agents occidentaux. Pendant une heure ou plus, une voix neutre débitait des chiffres en allemand ou bien en russe. Tout le monde pouvait écouter les *number stations*. Pourtant, la plupart des auditeurs les contournaient, croyant tomber sur des essais techniques.

Mais si 107,8 en était une, pourquoi la voix n'énonçait-elle pas des chiffres ?

Joseph en fit l'observation à haute voix. Tazartès le regarda avec un sourire énigmatique :

— Les carottes sont cuites, monsieur Frey. La culotte du zouave est dans la main de ma sœur. La potée se cuisine à Perpignan. Vous me suivez ?

— Pas du tout, non.

— Vous n'allez quand même pas me dire qu'à votre âge,

vous n'avez pas connu la France libre. Vous n'écoutiez donc pas *Radio Londres* et ses messages codés ?

— Vous voulez dire que 107,8 est un poste codé...

— C'est fort possible.

— Mais dans ce cas, comment expliquez-vous tous ces morts ?

— Je ne sais pas les expliquer. En tout cas, cette radio me paraît relever d'un domaine bien précis : le renseignement.

Joseph hocha la tête. La fréquence éloignée pouvait-elle vraiment être l'œuvre d'un service secret ?

Il contempla un groupe de Japonaises en chaussettes montantes qui passaient dans la rue. Une petite Nippone photographia au passage la façade du café. Le flash l'éblouit un instant.

— La dernière victime connue était un Russe blanc, qu'on disait plutôt bien en cour chez les Soviétiques. Au fond, ce n'est peut-être pas un hasard.

Le journaliste grimaça :

— Je vais être franc avec vous. Ne vous mêlez pas trop de ce qui ne vous regarde pas.

Il avala son croûton :

— Les espions n'aiment guère être dérangés.

Une très belle fille bronzée vêtue d'un short mauve traversa la salle et s'accouda au comptoir, ou elle commanda un panaché avec un fort accent allemand.

Tazartès se leva sans payer sa part :

— Venez avec moi. J'aimerais vous présenter quelqu'un d'utile.

Au grand étonnement de Joseph, ils revinrent sur leurs pas et débouchèrent de nouveau sur l'esplanade du rond-point.

Un coup de tonnerre retentit sourdement du côté de l'Alma, tandis qu'un éclair zébrait le ciel de l'avenue Montaigne.

La camionnette était toujours là, mais le rock s'était déjà tu. Il ne subsistait qu'un petit groupe de quatre à cinq personnes. Une grosse fille rousse s'échinait à décrocher la banderole.

Jacques Tazartès se dirigea droit vers un Asiatique entre deux âges qui observait la scène avec un intérêt placide. Le personnage était fort curieux. Petit et malingre, il arborait une luisante tignasse de cheveux bruns et dissimulait son regard derrière d'épaisses lunettes fumées qui lui mangeaient la moitié du visage. Le journaliste le présenta sous le nom d'Ahmed et dut expliquer à Joseph que son père était harki et sa mère vietnamienne. Ahmed était en somme un enfant de la colonisation. Il portait une énorme besace qui débordait de dossiers divers, entassés dans le plus grand désordre.

Ahmed travaillait pour T.D.F., le fameux organisme gouvernemental qui jouait le rôle de policier des ondes et traquait à longueur d'année les stations non autorisées. Mais il était lui même un fou de radio et l'étrange petit monde des stations pirates tolérait la présence en son sein d'un sympathique agent des puissances extérieures. Véritable inspecteur de l'écoute, Ahmed recensait méthodiquement toutes les radios libres de France et en dressait la fiche signalétique. Ce travail le passionnait.

Il fut immédiatement fasciné par l'histoire de 107,8 et implora Tazartès de le faire participer à sa quête. Son honneur de chercheur était en jeu.

Il traquait alors les stations illicites depuis un vieil immeuble de brique rouge qui surplombait le périphérique à la hauteur de la porte de Vanves. C'était là qu'était situé le principal poste d'observation de T.D.F.

Ahmed bénéficiait de gros moyens techniques. Il lui était tout à fait possible, non seulement d'évaluer une puissance d'émission, mais encore de repérer un émetteur.

De grosses gouttes de pluie tiède commencèrent à tomber. Le ciel était devenu noir et plombé. La camionnette d'*Oblique* démarra en trombe, tandis que les derniers quidams s'égaillaient.

Ahmed s'enfuit vers la bouche de métro toute proche. Joseph allait prendre congé, quand Tazartès le retint par le bras :

— Avez-vous parlé à quelqu'un d'autre de cette histoire ?

Joseph l'observa avec méfiance.

— Non, jamais. Vous êtes le premier.

— Donc, personne ne sait que vous poursuivez cette radio.

— Je ne crois pas.

Il revit soudain le visage de la vieille Russe au mouchoir de communiante qu'il avait bousculée dans sa fuite. Il se tut.

Tazartès paraissait vaguement soulagé :

— N'en parlez jamais. Vous êtes conscient du danger ?

Il y eut un fort coup de tonnerre. La pluie s'intensifia.

Petit à petit, les jours rétrécissaient.

Assis à son bureau, face à la fenêtre, Joseph contemplait mélancoliquement les nuages qui bleuissaient à l'approche de la nuit. Il était neuf heures moins cinq et le bruit de la neige hertzienne emplissait le « satellite ». Le vieil homme se passa la main sur le menton. Il avait oublié de se raser. Il lui arrivait parfois au cœur de l'été de négliger sa parure, surtout lorsque aucune conquête féminine n'était à l'horizon. Il se sentait maintenant plutôt rasséréné, comme si la confidence du secret à Tazartès et Ahmed l'avait délivré d'un fardeau trop pesant : certains soirs, il avait douté de sa découverte. Et si 107,8 n'était qu'une hallucination auditive, dont il était la seule et unique victime ?

Mais cette fois-ci, la piste était enfin tracée. Cette fréquence devait appartenir à un service secret qui l'utilisait sans doute à des fins inavouables. Il se leva et se servit un verre de cognac. L'alcool glissa sur sa langue. Il apprécia la chaleur du liquide, son parfum de musc et sa force sous-jacente.

Il alla chercher le téléphone et le posa sur le bureau, juste à côté du poste. Puis il se rassit, au moment même ou la voix démarrait son bulletin quotidien. 107,8 était bien la seule radio libre qui commençât à l'heure :

« Liste du mercredi 16 juillet 1981. Il est vingt et une heures deux minutes. Jacques Amar, Bernard Aubert, Sophie Barnier, Sophie Brassard, Vincent Gauvin, Yves Léton… »

Le téléphone retentit. Joseph n'en fut pas surpris. Il décrocha dès la première sonnerie :

— Allô, c'est Tazartès. Je suis au *Matin* et je ne reçois rien du tout. C'est une blague, ou quoi ?

Le galeriste reçut comme un coup au ventre :

— Mais vous êtes où, exactement ?

— Sur 106,7, et je n'ai que de la musique.

— Vous vous êtes trompé ! La radio émet sur 107,8.

— Bon Dieu !

Il raccrocha sans crier gare. L'émission continuait inexorablement. La voix en était aux S. Elle passa aux T.

Le téléphone resonna. C'était encore Tazartès, plus elliptique que jamais :

— Je l'ai, votre voix ! Je la capte, mais très brouillée. J'appelle Ahmed, et je vous rappelle…

U, V, W. Le téléphone. Une voix enfantine résonna dans l'écouteur :

— Joseph, c'est Nina.

Le vieil homme crut qu'il allait défaillir. Elle ne pouvait pas choisir plus mauvais moment. S'il lui parlait maintenant, tout pouvait capoter. Il s'en voulut de sa froideur, mais il n'avait pas le choix :

— Désolé, mais je n'ai absolument pas le temps de te parler.

La jeune fille tenta de l'interrompre d'un cri plaintif et répété :

— Attends ! Attends !

Mais il avait déjà coupé. Immédiatement, la sonnerie retentit de nouveau. La voix du journaliste trahissait une extrême tension :

— On la tient presque. Ahmed l'a localisée dans la banlieue ouest. C'est pour ça que je la recevais mal.

— Où êtes-vous ?

— Rue Hérold, à côté de la place des Victoires.

— Donc, vous l'avez captée.

— Incontestablement. (Un blanc. Joseph alluma la lampe du bureau.) C'est quand même très impressionnant.

— Je sais. On y va demain, j'imagine...

— Tant qu'à faire...

— Bon, alors, à demain.

— A demain. Je vous rappelle.

Les deux hommes raccrochèrent simultanément.

Joseph coupa la radio et resta assis à son bureau. Il voulut regarder la nuit qui venait de tomber, mais s'aperçut que la lampe projetait sa propre image sur la vitre. Comme il n'avait aucune envie de contempler son visage angoissé, il éteignit la lumière et promena son regard sur les toits de Paris. Il n'y avait pas d'étoiles. Derrière le Sacré-Cœur, un laser déchira le ciel de son doigt de lumière. Une fête de banlieue, peut-être.

Il repensa à Nina, à sa muflerie envers elle. Il était vraiment le pire des machos. Il voulut l'appeler et s'excuser platement. Ses doigts étreignirent fugitivement le téléphone, mais il ne décrocha pas. 107,8 le défiait et il avait décidé de relever le gant, sans bien savoir pourquoi. On aurait dit qu'un démon l'avait saisi. Une obsession, au sens fort.

Il ralluma le transistor et tomba bientôt sur un muezzin qui appelait à la prière en direct de La Mecque. On trouvait vraiment de tout sur les radios libres.

— Je vous paie en roubles ou en francs ?

Le barman s'esclaffa poliment, tandis que le vieil homme rougeaud reprenait de plus belle :

— Je ne plaisante pas ! Dépêchez-vous d'écouler vos francs, parce que je vous préviens que les chars russes sont là depuis ce matin !

C'était un monsieur chic aux yeux brillants et au visage de proviseur, qui portait sous son impeccable complet noir un gilet du plus bel ocre. Depuis plusieurs minutes, il parlait de plus en plus fort, à mi-chemin entre ivresse et agressivité. Le personnel du café ne s'en formalisa pas. Sans doute avait-on l'habitude des esclandres du vieux riverain. L'homme ne s'adressait à personne en particulier. Accoudé au comptoir désert, il criait sa haine aux murs, au zinc, aux garçons et au flipper :

— Vous vous rendez compte ? Mitterrand a décidé de rebaptiser Paris. Ça va s'appeler Karl-Marx-Ville ! Ils vont être contents, les ministres communistes ! Kamarades, nous voilà !

Joseph termina sa bière et jeta un coup d'œil par la baie vitrée. A vingt heures, la Porte de Saint-Cloud était tout entière baignée d'une pluie fine et pénétrante. Il y avait peu de circulation et les rares passants s'abritaient sous de grands parapluies aveugles. Décidément, les traces de cambouis ne voulaient pas partir. Redoublant d'ardeur, il se frotta vigoureusement les mains avec un torchon humide que le garçon venait d'apporter. Le vieil homme s'était en effet décidé à pousser sa Harley chérie jusqu'à un garage spécialisé pour une révision bien méritée.

De plus en plus excité, l'ivrogne chic se mit à glapir des mots sans suite, qui résonnaient absurdement dans le bistrot presque vide. A cette époque de l'année, même les habitués des bars avaient déserté Paris. Ne sachant plus à qui s'en prendre, le tribun alcoolique se tourna finalement vers Joseph, qui s'absorbait dans la morne contemplation de la place :

— Franchement, vous nous voyez en train de bêcher la terre dans un kolkhoze ? Vous savez, monsieur, ça n'a rien à voir avec le Club Méditerranée !

Joseph déposa un billet de dix francs sur la table ronde et gagna la sortie sans répondre. Le soûlard chic haussa les épaules et reprit une gorgée. Une vieille dame élégante qui venait d'entrer sourit avec indulgence à l'anticommuniste :

— Vous y allez fort, quand même !

— Allez-y madame ! Profitez de vos dernières semaines de liberté avant le goulag. Ce sont les nouveaux congés payés des socialistes !

Majestueux, il avala d'un trait le reste de son « baby ».

Joseph franchit la porte. Mieux valait subir l'averse que les délires angoissés des retraités du seizième.

Il ne put aller très loin et s'abrita sous l'auvent du café. Il faisait de plus en plus frais. Pour un peu, on se serait cru à Quimper ou Saint-Brieuc.

Soudain le vieil homme eut envie de sentir la pluie ruisseler sur son visage. Il fit deux pas en avant et, quittant son abri provisoire, savoura les gouttes fraîches et limpides qui, sillonnant son front, semblaient prendre un malin plaisir à cheminer par les rides. Il se sentait heureux, vaillant, héroïque. Nulle courbature intempestive ne venait l'entraver et il jouissait de la douceur de l'air, de la fraîcheur de l'eau. La soirée serait certainement décisive. Il en frétillait littéralement d'impatience.

Ce soir, il saurait.

Ce soir, il verrait enfin, de ses yeux, la fameuse radio qui accaparait toutes ses pensées.

Ce soir, il en aurait le cœur net.

Une grosse voiture noire ralentit à sa hauteur et lui lança des appels de phare qui tremblotèrent sous la pluie.

Le galeriste reconnut immédiatement le signal. Il ne put s'empêcher d'admirer au passage la calandre du bel engin. C'était un puissant break de T.D.F. qui servait habituellement de véhicule de patrouille à la police des ondes. Rien n'avait changé depuis la guerre. Pendant l'Occupation, les camions « Gonio » de l'armée allemande munis d'antennes giratoires circulaient dans les rues pour repérer les émetteurs clandestins de la résistance.

En 1981, l'histoire se répétait. Télé-Diffusion de France utilisait la même technique que la Gestapo pour repérer les petites radios pirates et préparer les opérations de saisie. Mais le matériel était évidemment beaucoup plus sophistiqué et la sanction incomparablement moins sévère.

Jacques Tazartès et Ahmed sortirent en même temps de l'automobile, avec des mines renfrognées. Joseph les salua avec aménité. Mais le jeune Vietnamien paraissait furieux :

— Moi, je n'y vais pas si ça risque de mettre le matériel en péril !

Tazartès poussa un long et profond soupir qui se termina bizarrement dans l'aigu :

— Mais je ne t'ai jamais caché la vérité ! Oui, cette radio peut être dangereuse. Oui, tu vas peut-être te faire casser la figure. Et alors ? On est tous dans la même galère. On veut tous la connaître, cette fréquence. Toi, pour tes supérieurs et moi, pour l'article. C'est quand même simple, non ?

Joseph ne comprenait rien. Qui avait peur de quoi ? Avec de grands gestes nerveux, Ahmed lui décrivit ses atermoiements et sa crainte de devoir affronter un éventuel nid d'espions. Il venait tout juste de réaliser que l'opération pouvait présenter quelque risque. Il succombait à une panique de dernière minute.

Le journaliste s'était rapproché. Avec humeur, il se glissa à la place du conducteur :

— Bon alors, on y va ?

Le vieil homme saisit Ahmed par les épaules et le rassura du mieux qu'il put, en lui affirmant notamment qu'il ne quitterait à aucun moment la voiture. Le technicien se contenterait de repérer l'émetteur avec son matériel et de les orienter dans la bonne direction.

Après une longue hésitation murmurante, l'Asiatique finit par monter à l'arrière, tout près d'un imposant dispositif de détection qui clignotait déjà.

Joseph s'assit à l'avant et consulta sa montre. L'émission allait commencer. Il en fit la remarque, s'attirant du journaliste une réponse presque inaudible :

— Je sais, murmura-t-il d'une voix rauque d'asthmatique.

Comme pour détendre l'atmosphère, le galeriste hasarda :

— Finalement, ce n'est peut-être qu'une simple radio libre comme les autres !

Sa phrase s'éteignit dans le silence. Tazartès laissait tourner le moteur sans passer la première. Une fine goutte de sueur perlait au bout de son nez. A l'arrière, Ahmed s'affairait en silence, penché sur sa complexe machine.

D'un geste sec, il alluma la radio et se brancha rapidement sur 107,8. A vingt et une heures, la nuit commençait déjà à marquer son territoire.

Lorsque la voix apparut, Ahmed ordonna à Tazartès de démarrer. Il fallait faire vite, car l'émission ne durait jamais plus de trente minutes. Le scénario de la veille semblait se reproduire. Arriveraient-ils à repérer l'émetteur à temps ?

Les yeux rivés sur de mystérieux cadrans, Ahmed corrigeait la position et l'autre suivait tant bien que mal :

— A droite, ensuite, tout droit. Maintenant quarante-cinq degrés à gauche. A droite...

Et ainsi de suite, tandis qu'inexorablement se dévidait la liste. Joseph observait la traque avec un mélange d'anxiété et d'émerveillement enfantin. Jamais il n'avait imaginé qu'il pisterait un jour une station pirate dans une voiture banalisée.

L'automobile prit le périphérique jusqu'à la Porte Maillot avant d'emprunter l'avenue Charles-de-Gaulle. Parvenue au ·pont de Neuilly, elle contourna La Défense par Puteaux et se dirigea vers Nanterre, se perdant bientôt dans un entrelacs de lotissements en béton et de pavillons préfabriqués.

Petit à petit, la voix s'amplifiait, gagnait en netteté. Ils étaient sur la bonne piste. Mais l'émission prit fin avec brusquerie. Joseph coula à Tazartès un regard inquiet. Avaient-ils réussi ?

Ahmed ordonna au journaliste de se garer. Le break se trouvait maintenant à l'angle de deux rues pavillonnaires complètement désertes. On apercevait un terrain vague au bout de l'une d'entre elles. L'autre menait à une plus grande artère. La masse lumineuse des tours de La Défense apparaissait au fond du ciel comme un décor de science-fiction. La nuit était presque totale.

La voiture fut soudain baignée d'une curieuse lueur orangée. Joseph sursauta. Mais ce n'était qu'un réverbère qui venait de s'allumer et qui creusait le paysage d'ombres fantomatiques.

A l'intérieur de l'automobile, Ahmed continuait ses réglages sans un mot d'explication, tandis que les deux hommes attendaient silencieusement son verdict.

Il s'offrit enfin le luxe d'un sourire et murmura comme pour lui-même :

— Nous y sommes. L'émetteur se trouve dans un rayon de cent mètres.

Joseph eut un geste de dépit :

— Comment voulez-vous qu'on le trouve ?

— Il suffit de regarder les toits. Les pirates sont forcés d'utiliser des mâts de dix ou vingt mètres, sinon personne ne les capte. En général, on les voit de loin. Pour leur plus grand malheur.

Tazartès éteignit le moteur. Le silence de la nuit les enveloppa. On n'entendait plus que le crépitement régulier de la pluie sur le capot :

— Où sommes-nous, exactement ?

— A Nanterre, je crois. Ne bougez pas, je vais vérifier.

Ahmed sortit et tenta de lire une plaque de rue à moitié dissimulée par un banc de fougères.

Lorsqu'il rentra dans la voiture, il était transi. La température avait chuté de plusieurs degrés :

— Rue Anatole-France. Nanterre.

Joseph ouvrit la portière avant droite :

— On y va ?

Ahmed se récria d'une voix renfrognée :

— Moi, je vous attends au sec.

Tazartès décida d'accompagner le vieil homme. L'angoisse des deux hommes était contagieuse, et Joseph sentit une boule se former dans son estomac. La belle assurance de tout à l'heure était partie en fumée.

Par un accord tacite, les enquêteurs amateurs décidèrent de suivre la rue qui semblait se terminer en impasse.

La pluie fine était de plus en plus glacée. Elle tombait avec la régularité d'un crachin pollué. Un chien aboya au loin.

Les deux hommes progressaient dans une sorte d'allée pavillonnaire. On apercevait parfois la lueur bleutée des écrans de télévision qui emplissait les pièces.

Ils marchaient en silence, le nez en l'air, l'air concentré, examinant posément chaque toit, chaque antenne, chaque poteau.

Joseph s'aperçut bientôt qu'il était trempé. Il remonta

péniblement le col de son cuir devenu cartonneux. A la hauteur du terrain vague, qui semblait ne pas avoir de fin et se perdait dans la pénombre, la rue tournait en fait à angle droit, longeant la surface obscure sur plusieurs centaines de mètres. Tazartès se retourna. S'ils continuaient, la voiture allait être hors de vue.

Il jeta un dernier regard à la vision rassurante et poursuivit ce qui pouvait passer de loin pour une absurde promenade digestive sous la pluie. Joseph semblait se parler tout seul en silence. Ils empruntèrent le virage et Jacques Tazartès commença sérieusement à s'impatienter. La mystérieuse antenne n'apparaissait toujours pas, rendant la réalité de leur recherche de plus en plus improbable :

— On cherche une ombre, ou quoi ?, marmonna-t-il d'une voix agacée.

La rue avait insensiblement changé de visage. A droite, c'était le vide du terrain vague. Le trou noir. Mais à gauche, la zone devenait plus résidentielle. Les maisons Phénix avaient laissé la place à des villas à meulières, et même à d'assez imposantes propriétés bourgeoises que clôturaient d'épaisses haies. Une voiture passa très vite en les éclaboussant, dans un vacarme invraisemblable de disco sursaturé. Tazartès pesta à haute voix. Son pantalon de velours beige avait été atteint par des éclats de boue. Fébrilement, il inspecta son caban. Joseph leva comme à son habitude les yeux vers les toits...

Et c'est alors qu'il le vit.

C'était, comme l'avait prédit Ahmed, un gigantesque mât, solidement arrimé par des câbles, et qui dominait de toute sa majesté un banal pavillon de crépi gris entouré d'un jardinet en friche. La maison n'était séparée de la rue que par une mince clôture basse. La taille imposante du mât la rendait par comparaison encore plus petite et modeste. Une courte allée de ciment menait aux marches de la porte d'entrée. Le lieu avait l'air complètement désaffecté et inhabité. Aucune lumière ne filtrait par les volets hermétiquement clos et de vieux papiers gras en décomposition jonchaient un reste de pelouse, brûlé depuis longtemps par le soleil. Tazartès fit immédiatement demi-tour :

— C'est ce que je craignais, murmura-t-il.

Et d'un pas rapide que la trouille rendait plus rapide encore, il retourna sur ses pas. Joseph fixa encore quelques secondes la maison, comme pour la graver dans sa mémoire. Puis il rattrapa le journaliste.

— Vous êtes sûr que c'était ça ?

— Mais non, pas du tout !

Joseph lui coula un regard incrédule. L'autre reprit avec un pâle sourire :

— Vous voyez bien que cette maison est totalement vide.

— Mais la radio est là !

— A mon avis, ce n'est qu'un banal relais hertzien, le siège de l'émetteur, si vous préférez. Une machine dans un placard. Je pense que le studio est situé ailleurs, mais il n'y a évidemment aucun moyen de le repérer. On a vu, on a compris.

Joseph s'arrêta et fit brusquement demi-tour. Le journaliste se retourna :

— Que vous arrive-t-il ?

— J'y retourne.

— Ne faites pas l'imbécile.

— Vos romans d'espionnage me fatiguent. Cela arrive très souvent de fermer les volets la nuit. Rien n'indique que la maison soit vide.

Tout en parlant, il s'approcha de la clôture. Tazartès le rejoignit :

— Vous ne croyez pas à la thèse du service de renseignements, n'est-ce pas ?

— Je ne crois rien, mais je veux connaître la vérité. Or il se trouve que la vérité est à quelques pas d'ici.

— Alors, qu'allez-vous faire ? Sonner en prétextant une erreur ?

— Et pourquoi pas ?

— Ce serait une faute, croyez-moi. Vous savez bien que ma déduction est la seule plausible.

— Je suis navré, mais j'ai du mal à croire que des espions étrangers fassent passer des messages codés sur la F.M. parisienne. S'ils veulent communiquer entre eux, ils peuvent utiliser le téléphone, la poste restante, les petites annonces... Enfin, vous avez vu autant de films policiers que moi !

Les deux hommes étaient maintenant lancés dans une grande discussion à voix basse. Immobiles face à la maison muette, ils soupesaient le pour et le contre, oublieux de l'éventuel danger qui les avait tenus en haleine quelques minutes auparavant.

— En tout cas, je suis sûr que le studio n'est pas ici, reprit le journaliste avec conviction. Il suffit aujourd'hui d'une ligne téléphonique pour transmettre une émission. Je ne serais pas étonné que votre fameux programme se concocte depuis les salons lambrissés d'une ambassade.

Imperturbablement, la pluie fine continuait à clapoter. Un chien gémit au loin.

Joseph promena son regard sur la déprimante façade de crépi, mal éclairée par un réverbère éloigné :

— Si c'est le cas, Ahmed peut sûrement repérer la fameuse ligne. Dans la mesure où la radio émet quotidiennement...

Il s'interrompit brusquement, muet de stupéfaction. Était-il en train de rêver ? Il écarquilla les yeux pour mieux voir dans la pénombre et dut se rendre à l'évidence. Un des volets venait imperceptiblement de s'ouvrir.

Tazartès l'avait vu :

— Nom de Dieu !, murmura-t-il dans un souffle.

Ce n'était pas une hallucination. Le volet d'une des fenêtres du premier étage était en train de pivoter avec une incroyable lenteur. Le mouvement était même si diffus qu'il en était presque indiscernable.

Instinctivement, Joseph huma l'air. Y avait-il du vent ? Mais aucun courant d'air ne put le rassurer.

Quelqu'un était forcément en train d'ouvrir le volet. Progressivement, le battant atteignit un angle perpendiculaire.

Les deux hommes étaient comme hypnotisés. La fenêtre, maintenant dévoilée, n'était qu'un trou noir. Aucune main n'était visible. Aucune présence. Mais on pouvait désormais les voir depuis la béance.

Tazartès fut le premier à prendre ses jambes à son cou. Littéralement pris de panique, il courut comme un dératé en direction de la voiture.

Joseph se mit à trotter sans conviction, mais il eut soudain la sensation palpable d'un souffle froid qui lui balayait la nuque. La peur l'emporta sur toute autre considération. Il décampa aussi vite que possible, avec l'intuition obsédante que quelqu'un, quelque chose se trouvait sur ses talons.

Tazartès avait déjà pris le tournant et Joseph se retrouva momentanément seul. Sa panique n'en fut que plus intense. Il accéléra encore, jusqu'au moment tragique où il entendit clairement dans sa jambe droite le bruit d'un claquage interne, suivi d'une douleur épouvantable qui lui fit perdre l'équilibre.

Il s'étala de tout son long dans une flaque boueuse. Fou de peur et de douleur, il se retourna vers la maison. Il n'y avait rien. Soudain, il crut défaillir. On aurait dit qu'une ombre s'enfonçait dans le terrain vague, mais en était-il vraiment sûr ? « Jacques !... » Il voulut appeler à l'aide, mais la douleur s'accroissait de seconde en seconde et lui coupait la respiration. Il eut soudain très froid et ne put se retenir d'éternuer. Cet acte pourtant banal répercuta sa souffrance à travers les nerfs. Joseph eut alors tellement mal qu'il se sentit presque immédiatement basculer dans un lac d'eau noire.

Il reprit connaissance quelques instants plus tard. Agenouillé dans la flaque boueuse, Tazartès n'avait manifestement pas son brevet de secouriste. Il était en train de le secouer comme un pantin pour le faire revenir à lui. Debout et légèrement en retrait, Ahmed observait les deux hommes avec un mélange de crainte et de dégoût. C'est du moins l'impression qu'il donnait sur l'instant. La folle douleur étreignit de nouveau le vieil homme, et il sentit tout son corps se couvrir d'une sueur malsaine.

Le reporter décida de le hisser sur son dos en le tenant maladroitement par les poignets. Il le traîna plus qu'il ne le porta jusqu'à la voiture de T.D.F. Le voyage à Nanterre ressemblait de plus en plus à la retraite de Russie.

Les deux hommes tinrent à le raccompagner jusqu'au « satellite », dans une pesante ambiance d'angoisse et de défaite. Il n'y avait presque personne sur le périphérique. En quelques minutes, le break atteignit la rue Robert-de-Flers. Joseph voulut s'en extirper tout seul, mais il s'aperçut bien vite que la douleur l'empêchait de marcher.

Tandis qu'Ahmed redémarrait bien vite sur un salut bougon, le journaliste entreprit de le porter sur son dos jusqu'au studio du trentième.

Dans l'ascenseur express qui avalait les étages, Joseph parvint à articuler quelques formules de politesse vide :

— Vraiment, c'est très aimable à vous.

— Je vous en prie, c'est bien le moins. De toute façon, il faut que nous parlions seul à seul.

La porte du trentième s'ouvrit dans un souffle. Ils se retrouvèrent dans l'atmosphère tiède et raréfiée de l'étroit couloir moquetté. On se serait cru à l'hôtel.

— Je vais tout droit ?

Joseph ne répondit pas. Il contemplait avec incrédulité sa porte d'entrée entrouverte. Il l'avait pourtant comme toujours verrouillée en partant. Elle n'avait pas été forcée. Quelqu'un devait avoir un double des clefs.

— Vous laissez toujours votre porte grande ouverte ?, plaisanta vaguement le journaliste.

Il entra et Joseph, toujours juché sur son dos, chercha à tâtons l'interrupteur du plafonnier.

Immédiatement, une blanche et éblouissante lumière d'hôpital éclaira le saccage. Hagard, le vieil homme se laissa tomber dans un fauteuil. Tout son univers avait été détruit. Ce n'était pas l'œuvre de cambrioleurs, mais de vandales méticuleux. Chacun de ses livres d'art avait été froissé, déchiré, lacéré, avant d'être abandonné ouvert, sur un tas au milieu de la pièce. Le lit était retourné, le bureau renversé et la radio n'avait échappé à l'apocalypse que par un douteux miracle. Elle gisait sur le sol, apparemment intacte. Même les lampes brisées et piétinées avaient subi la fureur des intrus, dans un grand éparpillement coloré de porcelaines. Seul le plafonnier subsistait de ce qui avait naguère été un studio de célibataire.

Jacques Tazartès ne tenta pas une seconde de dissimuler son inquiétude. Il remit le lit à l'endroit, tira vaguement sur les draps, et, saisissant le vieillard comme un paquet, le déposa lourdement sur sa couche.

Il eut même le réflexe de lui ôter ses santiags trempées. Puis, ne sachant que faire, il s'assit sur le rebord du lit à la manière d'une infirmière.

— Vous avez des ennemis ?

Joseph ne put retenir un soupir. Les questions du journaliste commençaient à l'agacer sérieusement. Il était décidément trop rationnel, trop étriqué.

— Pas que je sache.

— Alors, c'est un coup de la radio.

— Dites donc, c'est des rapides ! Ils ne nous ont vus qu'il y a vingt minutes. Et comment pouvaient-ils connaître mon adresse ?

— Vous avez raison, ça ne colle pas.

Le reporter du *Matin-Magazine* marcha jusqu'à la fenêtre, restée grande ouverte, et huma l'air frais du soir. Il devait être onze heures.

Il se tourna soudain vers Joseph :

— Franchement, ce carnage ne vous rappelle rien ?

Le galeriste comprit en une seconde. Bien sur. Il avait tout à fait raison. Le scénario de « Casablanca » était en train de se répéter. Il eut alors une intuition fulgurante, mais n'en laissa rien paraître : n'était-il pas en train de mélanger deux affaires radicalement différentes ? Ou mieux : les mises à sac de la galerie et de l'appartement n'étaient-elles pas totalement distinctes de la radio ? Fermant les yeux, il tenta de rassembler les pièces du puzzle.

Le commando qui avait saccagé Casablanca en voulait à Pascal Sublime. Question : le carnage du « satellite » était-il lié à celui de la galerie ? Dans ce cas précis, la mort de Pascal Sublime n'avait sans doute rien à voir avec la mystérieuse radio. Quelqu'un en voulait à Sublime, et par ricochet, s'en prenait à Joseph. 107,8 n'était absolument pas coupable de ces actes de vandalisme.

Il rouvrit les yeux dans l'obscurité. Le croyant endormi, Tazartès avait éteint la lumière avant de s'éclipser.

Joseph tendit instinctivement le bras pour allumer sa lampe de chevet. Mais elle gisait fracassée à quelques mètres de lui. Il jura tout seul et tenta péniblement de retrouver le sommeil.

Le médecin généraliste ne fit de commentaire ni sur les chaises renversées, ni sur les livres déchirés, ni sur l'appartement détruit.

C'était une grande femme bronzée aux cheveux châtain clair et aux sourcils épilés. Elle était vêtue d'une jupe sage et d'un chemisier beige qui faisait ressortir un teint de pêche brunie par le soleil. Il y avait chez cette personne un je-ne-sais-quoi de Farah Fawcett-Major, la célèbre héroïne des séries télévisées américaines. Même beauté éclatante et néanmoins fabriquée, trop parfaite pour résister au temps ou même à une nuit d'étreintes.

Elle esquissa un sourire fugace et coula au vieil homme un regard non dénué d'humour, avant d'énoncer sur un ton plus que badin :

— Je suppose que votre femme de ménage est partie en vacances.

Joseph était vautré sur le lit dans la position exacte où Tazartès l'avait abandonné. Il n'était pas rasé et ne devait guère avoir l'air brillant. Il se sentit pourtant étrangement frais et léger. La présence de cette belle inconnue le dopait, un peu comme s'il avait avalé au réveil un café très serré dans lequel on aurait précipité un verre de tequila. Il avait ingurgité un tel breuvage lors d'un loin-

tain voyage à Los Angeles et en gardait un souvenir pico-
tant.

Il sut tout de suite lire dans ses yeux. Et tandis qu'elle
posait les rituelles et assommantes questions des praticiens,
leurs deux pupilles ne pouvaient se décoller l'une de l'autre,
comme si un filin invisible les maintenait arrimées.

Il n'avait jamais fait son âge. Malgré sa longue tignasse
blanche, il pouvait aisément passer pour un play-boy de cinquante ans. C'est du moins ce qu'il crut. Pour se rassurer lui-
même.

Il s'étira mollement, en souriant comme un pacha, et jeta à
la femme un regard faussement désinvolte :

— Oui, Maria est au Portugal jusqu'à la fin du mois.

Elle l'examina avec de superbes mains bronzées aux doigts
couverts de bagues anciennes. Elle avait les ongles faits. Elle
appuya doucement sur le mollet, à la hauteur du claquage.

La douleur fulgura, et pendant plusieurs secondes, il ne
pensa plus à elle. Mais elle eut l'obligeance de lui faire une
piqûre qui le plongea presque immédiatement dans une
douce hébétude. L'air était tiède et humide. Le soleil brillait,
mais un front plombé apparaissait déjà au-dessus du Sacré-
Cœur.

La belle lui diagnostiqua une vilaine entorse, assortie
d'une complication possible de la hernie discale.

En tout état de cause, il lui fallait observer un repos
absolu. Et si par malheur il devait se déplacer, il serait forcé
d'utiliser une canne.

Il la regarda avec horreur et, sur un ton tragi-comique :

— Comment pouvez-vous m'imposer un instrument aussi
immonde, aussi barbare, aussi dégradant ? Une canne ! Et
pourquoi pas un fauteuil roulant ? Vous voulez m'envoyer à
l'hospice, ou quoi ?

— Vous pouvez vous acheter une canne de dandy, si ça
vous amuse, lui envoya-t-elle, à moins que vous ne fantas-
miez sur les béquilles.

— Je m'en contrefiche de vos béquilles. Je peux très bien marcher, et pas question de me laisser amputer !

Lestement, il bondit hors du lit et fit deux pas sur la moquette avant d'être cisaillé par le mal. Il s'arc-bouta sur la table, les deux bras tendus, et gémit sourdement.

Le docteur eut pitié. Elle le saisit par la taille avec force et douceur et le reconduisit à son lit en l'enlaçant. Elle avait des formes pleines et il sentit la rondeur d'un sein qui pesait sur son flanc droit.

Elle devait avoir trente-cinq ans. Lorsqu'elle passa devant la fenêtre, Joseph s'aperçut dans un éblouissement passager que le chemisier transparent laissait deviner un soutien-gorge bleu.

Il réussit sans difficulté à la convaincre de l'accompagner à la pharmacie, pour l'achat de la fameuse canne.

Ils claudiquèrent ainsi bras dessus bras dessous et sein contre flanc, jusqu'au coin de la rue, non sans fous rires et traits d'humour à l'anglo-saxonne.

Marianne était évidemment divorcée. Elle élevait toute seule une petite fille de six ans, fruit d'un mariage en faillite qui avait duré dix ans. Elle était formidable : une femme simple et gaie, pleine d'humour, sensuelle et tendre, aimant le sport, les voyages, les Beatles et Mozart. On aurait dit une petite annonce du *Nouvel Observateur*.

Elle lui donna des leçons de canne sur l'île au Cygne, une étroite bande de terre et de pavés qui s'étire au milieu de la Seine à la hauteur de Bir-Hakeim, et elle ne l'abandonna finalement que vers midi, sur la promesse d'un dîner le soir même. « Surtout, reposez-vous bien ! », ajouta-t-elle en lui adressant un sourire éclatant de fausse ingénuité.

Joseph la regarda chalouper sur le pont de Grenelle et ne put retenir son émotion devant cette forme dansante qui s'éloignait dans la chaleur et les gaz d'échappement, une trousse de médecin à la main.

Puis il décida de s'asseoir au soleil. Il faisait déjà chaud, mais une brise fraîche rendait encore l'air supportable. Il alla se poser lourdement sur un banc qui faisait justement face à la rive gauche et à la tour Reflets. Il respira profondément, puis se sentit doucement glisser dans la somnolence.

Ses angoisses décidèrent alors de fondre sur lui en un assaut groupé. Il revit la pénible traque de la nuit dernière et le saccage de ses biens. Dans sa tête trotta de nouveau la voix de 107,8. Il ouvrit les yeux, fut ébloui, dut les baisser et s'abîma enfin dans la contemplation des flots boueux. Été comme hiver, la Seine ressemblait toujours à un gigantesque égout aux eaux sombres et opaques.

Un homme apparut au loin, là où Marianne s'en était allée. Il approchait d'un pas égal de promeneur. Joseph eut pourtant le sentiment immédiat que quelque chose allait se produire. Un pressentiment, peut-être. L'homme était en fait beaucoup trop vêtu pour la saison. N'étions-nous pas au cœur de l'été? Il portait un lourd manteau en loden et un pantalon de velours noir élimé. Il devait étouffer. Il avait insensiblement accéléré l'allure et se dirigeait droit sur le galeriste. Joseph fit mine de l'ignorer, mais se tourna de trois quarts sur le banc pour mieux l'observer à la dérobée. L'étrange personnage n'était pas rasé. Son teint blême paraissait réverbérer le fleuve. Soudain, Joseph eut peur. Était-il en danger? Les saccageurs ou la radio allaient-ils s'en prendre à lui? Il sentit la présence toute proche de l'inconnu. L'instinct de survie fut alors le plus fort. Saisissant sa canne comme une arme, il se tourna brusquement et se leva d'un bloc. L'autre le fixa d'un œil torve. Pendant une seconde, qui sembla durer des siècles, les deux hommes s'éprouvèrent en silence. L'homme au manteau d'hiver fut le premier à parler :

— Je suis au chômage depuis plusieurs mois. Vous n'auriez pas une pièce ou un ticket-restaurant?

Il avait un accent étranger qui pouvait passer pour scandinave.

Pétrifié d'angoisse, Joseph ne put articuler une parole. Il se contenta de brandir sa canne en silence. L'autre n'insista pas. Haussant les épaules avec lassitude, il s'éloigna placidement et grimpa les marches qui menaient au pont de Bir Hakeim.

Le vieil homme était dégrisé. Il avait oublié le soleil, la brise et la belle Marianne. Il jeta rageusement sa canne à terre. Décidément, c'était la dégringolade... Ou étaient passés son flegme britannique, son calme olympien ? S'il se mettait à attaquer les inconnus à coups de canne, où allions-nous ? Il était bon pour l'asile. Il s'aperçut que ses mains tremblaient encore de crainte et les fourra nerveusement dans les poches de son jean. Un nuage isolé vint cacher le soleil. La fête était finie. Mais y avait-il eu fête ?

Joseph regagna lentement son F1, avec l'aisance d'un retraité épuisé. Il se traînait sur l'asphalte surchauffé, avec dans la tête une obsession : la sieste.

Dans le doute, Marianne avait dit vrai. Sa femme de ménage était en vacances au Portugal jusqu'à la fin du mois. Il n'y avait donc aucune solution. Joseph l'invalide allait devoir vivre au milieu des débris jusqu'au mois d'août.

Du pied, il bouscula un livre cisaillé sur les Impressionnistes mormons et se flanqua sur le lit. Une brise relativement fraîche soufflait de la fenêtre grande ouverte.

Le vieil homme bascula très vite dans un sommeil profond, comateux, sans rêve.

Il fut réveillé par un grattement discret et eut la fugitive impression qu'un minuscule troupeau de souris s'affairait derrière la porte d'entrée. Il y avait quelqu'un. Brusquement aux aguets, il se redressa et faillit quitter le lit. Mais une douleur dorsale le cueillit à l'instant même ou il allait poser le pied droit par terre. Grimaçant, il saisit sa canne et claudiqua tant bien que mal jusqu'au petit vestibule. Une enveloppe en papier kraft avait été glissée sous la porte. Il voulut la ramasser, mais fut incapable de se baisser. Tenaillé par la souffrance, il dut appuyer son dos en fusion contre le mur. La belle Marianne était finalement un bon docteur. Elle avait diagnostiqué ce grippage progressif de la machine, dû à un excès de mouvements brusques et d'efforts physiques. Mais comment allait-il récupérer la mystérieuse lettre? Après avoir respiré profondément plusieurs fois de suites, dans l'espoir infondé de calmer la douleur, il se laissa glisser au sol, le dos toujours collé au mur lisse, avant de s'asseoir en tailleur à quelques centimètres du mot. Au prix d'un nouveau coup de poignard, il se pencha en avant et agrippa la lettre. Elle était étonnamment légère. Son nom avait été écrit d'une main enfantine. L'écriture en était appliquée et presque scolaire. Le cachet de la poste était à moitié effacé, mais on pouvait lire avec peine « Paris Nation ». Joseph haussa les épaules et déchira l'enveloppe. Une feuille blanche apparut entre ses mains. Toujours cette écriture d'analphabète. Il n'y avait que deux mots : « Pascal Sublime. » Joseph retourna la missive avec incrédulité. C'était tout? Il s'agenouilla et dut s'agripper au portemanteau pour se remettre debout. La lettre tomba à terre, mais il n'en avait cure.

Dans le fond, tout s'expliquait. Les vandales du « satellite » devaient être des copains de l'artiste, persuadés à tort que Joseph avait une part de responsabilité dans sa mort. A moins qu'il ne s'agît au contraire de farouches adversaires du graphiste qui, après avoir détruit l'exposition, voulaient maintenant s'en prendre à son initiateur lui-même.

Tout était possible, mais Joseph s'en foutait. Un rideau venait à l'instant même de se déchirer devant lui. Comme tout devenait simple et banal! Ses ennemis n'étaient en fin de compte que d'obscurs hooligans sans le moindre intérêt, des débiles mentaux au cerveau racorni et à la bouche baveuse, des cas sociaux en mal de centre aéré… C'était d'un minable! Mais comment avait-il pu s'affoler à ce point?

Il en était là de ses pensées, lorsque la pièce toute entière se mit à bruire d'un étrange bourdonnement. On aurait dit qu'un essaim d'abeilles invisibles traversait le séjour pour se perdre dans la cuisine. Interloqué, il se traîna jusqu'à la fenêtre. Le soleil déclinait déjà et la vibration s'amplifiait toujours. Soudain il comprit. Tout en bas, sur le quai, un gigantesque serpent noir s'étirait sur deux bons kilomètres. Il s'agissait d'un furieux cortège de motards en route pour la Bastille. Paris était coutumière des manifs motorisées, où des milliers de *bikers* défilaient dans un fracas assourdissant qui leur tenait lieu de slogan. Les motards en colère protestaient alors surtout contre le port obligatoire du casque, qui bridait les chevelures des filles, empêchant la libre expression des tignasses.

Le vieil homme ramassa péniblement sa radio, la posa sur la table et alluma. *R.F.M.* annonçait huit heures. L'heure d'un flash d'informations rapides. Joseph apprit que le ministre communiste de la Santé était allé au théâtre, que le meurtrier de John Lennon avait été déclaré fou, et que le Tour de France... Il changea de fréquence et se cala sur *Nova*, qui diffusait un curieux montage sur le thème du couple : une fille racontait qu'elle avait fait l'amour derrière une porte cochère, non loin d'une poubelle, et que ça sentait le melon. Un rock métronomique et synthétique prit le relai.

Joseph se servit un verre de vodka et observa avec délice l'approche de la nuit. Il ne se lassait pas de contempler le ciel. Ici, au trentième, on n'était plus très loin du paradis. Il leva son verre et trinqua en fixant les lointaines tours de La Défense :

« A Pascal Sublime. »

Cinq minutes avant neuf heures, il se plaça d'un doigt expert sur 107,8, puis il attendit. Pourtant un détail le surprit. A la différence des jours précédents, la fréquence n'était pas occupée par un silence palpable. On entendait plutôt les crachotis lointains de multiples radios emmêlées. En clair, l'émetteur n'était pas encore branché.

Neuf heures passèrent et furent dépassées. La station

n'émettait toujours pas. On ne captait qu'une boue sonore sans le moindre intérêt. Fébrilement, Joseph se mit à sonder les fréquences les plus proches. Mais il n'y avait rien.

Il eut soudain une inspiration. Décrochant son téléphone, il appela l'horloge parlante à Odéon 28 30. Peut-être s'était-il trompé d'heure. Mais le verdict de l'opérateur fut implacable : « Bip. Au troisième bip, il sera exactement vingt et une heures vingt-deux minutes et trente secondes. Bip bip bip.

Il fixa le poste avec incompréhension. Tout était donc fini ?

Il éteignit, et un magnifique, un extraordinaire sentiment de soulagement l'envahit complètement. Il sentit de façon palpable son corps s'amollir comme sous l'effet d'un vigoureux massage et ses épaules s'allégèrent miraculeusement. Un sourire béat lui vint aux lèvres. Il se prit la tête entre les mains.

Il avait l'impression d'émerger d'un indicible cauchemar. Le tunnel était derrière lui, il pouvait enfin contempler un paysage de lumière.

Pour une raison qu'il ignorait, 107,8 avait cessé d'émettre, et il lui semblait échapper à une sorte de rayon invisible qui l'aurait jusqu'ici retenu prisonnier. Il s'interrogea fugitivement : son expédition de la veille avait-elle un rapport quelconque avec la fin de l'émission ? Sans doute ne pourrait-il jamais trancher. En tout cas, la grille de la cellule venait de s'ouvrir et il était libre d'aller ou bon lui semblait.

Il fila joyeusement sur *R.F.M.* pour savoir l'heure. Neuf heures cinquante-cinq, déjà ?

D'un bond qui ne le blessa point, il attrapa un blouson en jean et gagna la porte. Il eut quand même la sagesse de prendre sa canne.

En cinq minutes de marche un peu poussive, il atteignit le bar de l'hôtel Nikko où l'attendait Marianne, moulée dans une jupe courte et noire qui faisait ressortir la blancheur immaculée de ses cuisses rondes.

Depuis quelques jours, les auditeurs pourtant saturés de la bande F.M. parisienne doivent compter avec une radio supplémentaire. Et quelle radio! Figurez-vous qu'on peut actuellement dénicher sur 107,8 MHZ une mystérieuse station qui semble digne des meilleurs James Bond. Fantastique, non? Tout commence le soir à vingt et une heures lorsque...

Jacques Tazartès soupira et se frotta une nouvelle fois la main droite. Il avait tendance à taper trop fort sur le clavier et souffrait depuis plusieurs mois d'un rhumatisme articulaire. Il avait l'impression que ses doigts étaient brûlants. Il souffla dessus comme sur un plat trop chaud. Il se relut, grimaça de dépit. Ce n'était vraiment pas terrible. Il allait encore se faire réécrire par son chef de rubrique. D'un doigt incertain, il voulut tout de même continuer.

...une voix étrange venue d'ailleurs vient réciter imperturbablement des listes de noms, noms ô combien anodins, mais qui...

Dépité, il repoussa la Remington et posa ses deux coudes sur la petite table en Formica. Il n'était vêtu en tout et pour tout que d'un kimono blanc très court qui ne cachait rien de son intimité poilue. A quelques mètres de lui, un grand type au visage émacié feuilletait vaguement le dernier *Matin-Magazine*. Il s'en lassa et le projeta sur le sol, où il vint rejoindre un éparpillement de papiers divers. Puis il se leva, traversa la pièce. Il était absolument nu.

Tazartès continuait à sécher en mâchonnant un vieux crayon. Le journaliste n'avait jamais eu le verbe facile et il lui arrivait souvent de suer sang et eau sur un simple article de deux feuillets. Il était alors atteint d'une sorte de bégaiement de l'écrit, qui rendait sa prose aléatoire et le mettait en rage.

Il poussa un long soupir d'exaspération, qui se mua en une sorte de raclement rauque. Il abandonna son ouvrage et se mit à marcher de long en large dans le petit appartement. Non, décidément, ce n'était pas son jour. Il alluma une Gauloise et resta quelques minutes à bayer aux corneilles. Par la fenêtre entrouverte, il pouvait contempler l'éternelle circulation chargée de la rue du Louvre.

Le reporter habitait un médiocre deux pièces du quartier des Halles, qui avait pour seul intérêt de n'être pas trop éloigné des locaux du *Matin*, sis dans la rue Hérold. La pièce était mal décorée : des meubles préfabriqués, un lit, et rien au mur. Mais le minable salaire du journaliste lui fermait la porte des beaux quartiers.

Job le contemplait avec un sourire amusé. Dans le civil, il était coursier. Il ne connaissait Jacques que depuis une semaine. Ils s'étaient rencontrées un matin très tôt au Palace, à l'heure des croissants, et s'étaient vite retrouvés dans le galetas de la rue du Louvre. Job était un grand garçon maigre au corps presque rachitique, aux yeux bleu clair. Il arborait une paire de moustaches brunes qui ne lui allait pas et des cheveux coupés très courts, en brosse.

Après avoir tranquillement fini sa tasse, il la posa sur la table de nuit :

— Ne l'écris pas, ce papier, s'il te torture à ce point !

Jacques Tazartès s'empourpra, ce qui lui donna fugitivement l'air d'un taureau de combat. Il était trapu et râblé. Il passait des heures et des heures en salle de musculation, pour mieux compenser sa petite taille, dont il souffrait secrètement.

Il s'allongea contre son amant en soufflant des volutes de fumée vers le plafond craquelé :

— Je ne la sens pas, cette histoire. C'est dangereux, tu comprends ?

— Pas sûr…

Tazartès le regarda avec étonnement, partagé entre la curiosité et l'agacement. De quoi se mêlait-il, ce petit prolo de vingt printemps ? Il n'y connaissait rien !

Job continua sur sa lancée :

— Je croyais que les journalistes avaient du pouvoir. Je te parie que, si tu sors un papier, la radio arrêtera ses émissions comme par enchantement. Rien n'effraie plus les espions que la lumière, c'est bien connu.

— Et s'ils s'en prenaient à moi ?

— Mais tu ne sais rien ! Tu n'as rien vu. Tu n'as fait qu'entendre à la radio des messages codés, comme des milliers de gens ! Tant que tu ne révèles rien de sensible, tu es en sécurité…

Tazartès hocha la tête. Il était presque convaincu. Job s'amusa silencieusement du sourire qui s'était peint sur les lèvres de son ami. Il décida alors de porter l'estocade :

—Évidemment, il y a peut-être un hic.

— Un hic ? Comment ça ?

— Rien ne prouve que ta station mystérieuse soit une radio d'espions.

— Mais si. J'en ai la conviction.

— Ça ne suffit pas. Ouvre les yeux, Jacques ! Tu vois bien que la bande F.M. est saturée de fous. Ta fréquence maudite peut très bien être l'œuvre d'un cinglé. Dans ces conditions, on ne peut absolument pas prédire son comportement.

Il avait sur le biceps droit un tatouage fleuri, avec ce simple prénom : « Kathy ».

Tazartès passa sa main sur l'inscription. Il ne put réprimer un désir brutal. De toute façon, cette conversation l'angoissait. Sans un mot, il baisa la poitrine de Job et remonta doucement vers le cou, vers la bouche. Le jeune coursier se laissa faire avec un rire espiègle et un visage grêlé vint se coller à sa joue bleuissante.

Le kimono fut rapidement dénoué. Dans le profond silence qui s'ensuivit, les jambes velues du journaliste battirent l'air à plusieurs reprises.

Elle étala un grand drap vert sur l'herbe jaune et rabougrie. Il y avait foule au bois de Boulogne, mais les deux amants d'un jour étaient parvenus à dénicher un coin d'ombre au cœur de la fournaise. La canicule avait repris ses droits. Paris était baignée d'une brume poisseuse qui raréfiait l'air et ralentissait les gestes. C'était dimanche et les malchanceux qui n'avaient pas émigré au bord de la mer traînaient d'ombre en ombre leurs mines livides et leurs peaux blanchâtres. Assise tout seule sur un banc, une vieille dame aux yeux cernés et à la mine épuisée s'éventait avec un *Paris-Turf*, tout en contemplant à ses pieds un bâtard en laisse qui soufflait bruyamment.

Tout près de Joseph et Marianne, une famille portugaise faisait cercle autour d'un pique-nique rabelaisien, dans une épouvantable odeur de vieux graillon.

Joseph était allongé de tout son long. Des branchages feuillus lui procuraient une fraîcheur relative. La canne était posée contre son corps. Marianne était assise sur le sol juste à côté de lui. D'une main tendre, elle lui caressait la joue et s'amusait à prendre la barbe à rebrousse-poil pour mieux la lisser ensuite. Cela faisait trois jours que l'homme ne s'était pas rasé, mais la jeune femme semblait apprécier son côté hirsute. Elle ne lui avait en tout cas jamais fait la moindre remarque. Elle était vêtue d'une courte robe en daim qui mettait en valeur son corps athlétique et ses seins ronds, charnus. Elle avait coiffé ses cheveux châtain en un chignon approximatif, d'où s'échappait une longue boucle torsadée. Elle se pencha doucement vers lui et, cachant le ciel de verdure, l'embrassa longuement.

Plus tard, les Portugais allumèrent la radio et se branchèrent sur *Latina*, qui diffusait un vigoureux programme de variété lusitanienne. Surpris par l'agression sonore, les deux amoureux décidèrent de partir en promenade à travers le bois. Le sol était jonché de papiers gras et de préservatifs. Ils s'amusèrent à comparer les travestis brésiliens qui aguichaient les promeneurs dans les allées et durent admettre qu'aucun d'eux ne pouvait réellement passer pour une femme.

Il se faisait tard, mais l'air tiède restait désespérément immobile.

Vers dix-neuf heures, ils dînèrent d'une salade mélangée à la terrasse d'un café de la porte d'Auteuil. Marianne devait se coucher très tôt. Elle était de garde à l'hôpital dès six heures le lendemain matin.

Elle le déposa en voiture au pied de sa tour et s'enfuit dans le crépuscule. Il soupira. Le week-end avait été magique et euphorisant. Cette fille était de loin son plus beau cadeau de l'année. Tandis que l'ascenseur aspirait les étages, il eut la nostalgie de son corps de nageuse et revécut en rêverie les caresses des deux nuits précédentes.

Marianne était un ange d'été, qui avait poussé la prévenance jusqu'à nettoyer le « satellite ». Il eut ainsi le sentiment d'entrer dans une chambre d'hôtel avec vue sur tout Paris. Il entreprit d'enlever ses santiags, mais ne les laissa pas traîner au milieu de la pièce. Posément, il alla les ranger dans la penderie de l'entrée. Puis il fureta sereinement dans sa bibliothèque reconstituée à la recherche d'un bon livre oublié. Il s'aperçut avec étonnement qu'il n'avait quasiment rien lu depuis le début du mois. Ce n'était pas son genre.

Mais il abandonna vite ses recherches. Les radios libres lui manquaient déjà. Il alluma le poste et se posa au hasard sur une fréquence qui retransmettait un débat poussif entre un vieil anarchiste gouailleur et un prêtre catholique d'un certain âge. La conversation, qui portait sur l'existence de Dieu, était plus que courtoise. Joseph en déduisit avec certitude qu'il était tombé sur Notre-Dame, la station de l'évêché.

Un indicatif de cloches vint effectivement lui donner raison, tandis qu'une voix particulièrement mélodieuse et grave résonnait dans la pièce :

— Il est vingt et une heures. Vous écoutez *Radio Notre-Dame*. Voici maintenant la prière du soir, qui aura pour thème : l'attente de Dieu.

Neuf heures, déjà ? Joseph esquissa un sourire et ne put s'empêcher de filer sur 107,8, comme pour vérifier une nouvelle fois que la radio n'émettait plus. Elle s'était effectivement tue. A sa place, une lointaine station banlieusarde diffusait approximativement de la musique antillaise.

Le galeriste s'étira bruyamment et tourna légèrement le bouton de réglage vers la gauche, à la recherche de quelque nouvel émetteur. Il n'eut guère besoin d'aller loin pour tomber de nouveau sur... elle.

Il eut alors l'impression tangible de se voûter, tandis qu'un papillotement venait lui entraver momentanément la paupière droite. Ce n'était pas possible ! Inexorable, imperturbable, métronomique, la voix ensorceleuse envahissait de nouveau le studio.

Ainsi, 107,8 n'avait jamais cessé d'émettre, mais s'était contentée de changer d'emplacement hertzien. Retour au cauchemar, et à la réalité. Le programme de mort passait donc maintenant sur 106,9. Imperturbablement, la voix étrangère dévidait sa liste. Pourquoi avait-elle changé de fréquence ? En était-il responsable ? Soudain, il crut rêver. Pendant un instant, il douta de lui-même, et s'imagina qu'il était plongé dans un sommeil profond. Oui, il se dépêtrait dans un cauchemar innommable sans trouver la porte de sortie. Le nom qui venait d'être cité, le nom qui venait de passer, le nouveau nom, le dernier nom... Jacques Tazartès.

Joseph fit alors quelque chose de très étrange, de très inhabituel pour lui : de rage, il cracha par terre, avant de se précipiter sur le téléphone. Tazartès n'était pas à la maison. Pouvait-il le trouver au *Matin* ? Après plus de quarante sonneries, une standardiste revêche finit par lui annoncer que le journaliste venait tout juste de partir.

Que faire ? Y aller, bien sûr. Mais où était passée la canne ? Il ne manquait plus que ça ! Maîtrisant une mauvaise douleur qui incendiait la colonne à la hauteur du plexus solaire, il arpenta la pièce en tous sens. La canne n'était décidément plus en vue. Il trépigna un instant et se précipita comme un fou dans le vestibule.

Au moment d'ouvrir la lourde porte blindée, son geste se figea. Il fut pris d'un étourdissement, dut se tenir au mur. D'où venait ce coup de fatigue subit et irrépressible, ce lourd manteau d'épuisement qui lui tombait sur les épaules ? La porte était toujours entrouverte. Il la referma doucement. A quoi bon tout ce cirque ? Devait-il vraiment courir sans canne à travers tout Paris pour sauver un homme qu'il connaissait à peine ? Ce n'était plus de son âge. Pourquoi voulait-il à ce point jouer les héros ? Il n'était qu'un vieil homme, invalide, à bout. Il revint sur ses pas et s'assit sur le lit. De toute façon, il n'aurait pas la force d'agir. Que pouvait-il bien faire ? Si Tazartès était sur la liste, il était littéralement « hors le monde ». Peut-être même était-il déjà mort... Cette pensée macabre le fit frissonner. Il s'approcha de la fenêtre et contempla la ville qui bruissait à ses pieds. Machinalement, ses yeux se tournèrent vers Notre-Dame, qu'il ne pouvait pas apercevoir, et il se demanda ce qui pouvait bien se passer à l'instant même dans un certain deux-pièces de la rue du Louvre.

Il se dévêtit lentement et s'allongea sur le lit. Sa main

tâtonnante rencontra alors la canne, qui semblait l'attendre au milieu des draps, symbole éclatant de ses défaites passées et futures.

Il s'enfonça dans le sommeil, à l'instant précis où le soleil couchant perçait enfin la croûte nuageuse, baignant tout d'une curieuse lueur pourpre.

Joseph dormait déjà. Le monde vira lentement au violet, puis au noir d'encre. Pendant la nuit, il plut.

LUNDI 21 JUILLET

Et ils appelaient ça un métro express! Le R.E.R. n'avait pas avancé d'un centimètre depuis dix bonnes minutes. A l'intérieur de la voiture, la chaleur devenait étouffante. Pour la millième fois, Joseph jeta un coup d'œil blasé par la fenêtre et contempla le mur de béton noir. La rame s'était arrêtée entre deux stations, au beau milieu du tunnel.

La clientèle des habitués ne s'en formalisa pas. La ligne A du R.E.R. était coutumière de ces arrêts inopinés, dictés par quelque feu rouge déréglé, ou par un « arrêt de travail momentané d'une certaine catégorie du personnel ». Chacun prenait son mal en patience, bouillassant dans l'épaisse touffeur du tunnel.

Le vieil homme maudit de nouveau le sort. On aurait dit qu'un mauvais esprit s'ingéniait à l'empêcher d'atteindre Nanterre.

Son sommeil avait été lourd, plombé comme un précoma. Il s'en était échappé vers cinq heures du matin, avec la pénible impression d'être fourbu dès l'éveil. Sans cesse, le remords l'avait taraudé; c'était un gros insecte qui vrombissait autour de sa tête. Il s'était haï pour sa vieillesse, sa veulerie, son égoïsme. Il ne faisait aucun doute que Tazartès allait mourir, si ce n'était déjà fait. Et lui, Joseph Frey, n'avait pas remué le petit doigt sous le prétexte fallacieux qu'il ne trouvait pas sa canne. Les héros ont-ils le droit à la paresse ?

Dès l'aube, sa décision fut prise. Il lui fallait porter le fer chez l'adversaire, et donc retourner à Nanterre. N'était-ce pas le seul lieu tangible qui le reliait à l'impalpable tueur ? Il marinait bien sûr dans la sueur et l'angoisse, mais quelle importance ? Cette fois, c'en était trop. Trop de laideur, de faiblesse, de mollesse. Jacques Tazartès. Jacques Tazartès. Jacques Tazartès. Le nom du journaliste cognait dans sa tête comme un refrain malsain qui lui serinait sa couardise et ses frayeurs de vieux bouc, de faux jeune, de dragueur pédophile et d'amateur de chair fraîche. Maintenant, il allait en finir. Il en avait assez d'être le témoin passif d'une folie si peu ordinaire. Cette radio devait être sabotée, incendiée, ratiboisée, éliminée de la surface de la terre. Comment pourrait-il à l'avenir se regarder dans une glace s'il ne luttait pas aujourd'hui même contre cette onde qui détruisait tout autour de lui ? Le dégoût était plus fort que la couardise, et la honte plus gigantesque encore que la peur. Il se regarda dans la vitre, observa sa tronche de poltron sur le retour. Ça le fit sourire, ou plutôt grimacer. Quel destin paradoxal ! Il avait donc fallu qu'à soixante-trois ans révolus, il se mue subitement en une sorte de don Quichotte minable poursuivant des moulins à vent radiophoniques...

En réalité, il ne se comprenait pas encore tout à fait. Sa quête angoissée, son obsession récurrente le surprenaient souvent. Pourquoi cette chasse ? Pourquoi avait-il focalisé sa haine sur 107,8 ? Pourquoi, pourquoi...? Et d'ailleurs, existait-elle vraiment, la fréquence meurtrière, ou avait-elle surgi du cerveau malade d'un vieillard sclérosé ? Mais d'autres l'avaient captée, tout était là. L'ennemi vivait encore. Un ennemi intime, personnel, exclusif, qui semblait prendre un malin plaisir à saboter l'existence de Joseph, à lui dynamiter les repères, à le jeter en pleine mer, à le terroriser.

Il se voulait tout empreint d'une résolution froide, aussi ferme et glacée que sa peur était molle et enveloppante. Aujourd'hui, il était assez fort pour défier la terre entière et provoquer en duel l'ex-107,8.

Le wagon se remit lentement en marche, et atteignit poussivement La Défense, ses escalators interminables, sa musique lénifiante. La plupart des voyageurs descendirent. Une jolie fille blonde d'environ dix-huit ans monta à son tour. Elle s'assit sur un strapontin, face à Joseph. Elle devait avoir une peau de lait et son tee-shirt gris laissait deviner une forte poitrine. Elle était plutôt ronde et devait être une sage et bonne élève en vacances à Paris. Mais elle dégageait aussi quelque chose de trouble et de sensuel. Le vieux séducteur ne put s'empêcher de la dévisager. Son regard croisa une fraction de seconde celui de la fille. En réponse, elle détourna les yeux, les ferma et fit semblant de somnoler.

Joseph eut alors la sourde impression d'être observé. Il tourna la tête de droite à gauche et scruta le fond du wagon, par-delà la fille prétendument endormie. Il aperçut un visage connu. Mais il connaissait tant de monde ! Il en croisait tellement, lors de ses vernissages. Sans parler des fêtes, des « parties », des sorties, des dérives dans Paris...

L'homme lui lança une drôle d'œillade furtive. Un regard de connivence, mais sans aménité, sans sympathie.

Soudain, tout s'éclaira. C'était le loubard sale qui tenait la main de Sublime à la galerie et qui l'avait de nouveau croisé à l'usine Palikao. Le vieil homme grimaça, passablement inquiet. Encore un ennui en perspective. Le coupable des saccages se tenait-il à cinq mètres de lui ? Si c'était le cas, il était en danger. Que faire ? Il ne pouvait tout de même pas s'enfuir en courant avec une canne. D'autant que cet imbécile risquait de l'empêcher de mener à bien sa mission...

Le métro atteignit la station Nanterre-Préfecture. C'était là qu'il devait descendre. Par chance, la jolie blonde s'arrêtait également. Joseph eut alors une idée fulgurante qui l'obligea à ravaler son orgueil de mâle sur le retour. Il prit une voix douloureuse, presque chevrotante, et joua les vieillards en détresse. Suggérant à la fille qu'il pouvait à peine marcher, il l'implora de l'aider à sortir de la station.

Après un instant d'hésitation, pendant lequel elle dut mesurer son degré de sincérité, elle manifesta une immense compassion pour le gentil vieux monsieur. Elle mit un point d'honneur à le soutenir jusqu'aux composteurs. Le couple branque allait évidemment fort lentement.

Le chasseur ne sut comment réagir. Parvenu sur le quai, il les observa avec indécision, tout en faisant semblant de consulter un plan des autobus parisiens.

Il décida finalement d'attendre sa proie à la sortie, près de la billetterie. Dépassant le vieillard et sa compagne sans prononcer un mot, il grimpa quatre à quatre les marches de l'escalator. Il était toujours aussi négligé. Son pantalon noir empestait la crasse à dix mètres.

Joseph fut gagné par la panique. Par quel nouveau stratagème allait-il échapper à ce fou qui le persécutait ? Pour gagner du temps, il peina, boita, traîna la patte, joua au vieux, se plaignit de la chaleur. Puis il fit parler la fille. Une charmante enfant, au demeurant. Elle étudiait le droit à Paris X et gardait des enfants l'après-midi pour se faire un peu d'argent de poche. Elle jeta à Joseph un bon regard de pitié et lui lança, attendrie :

— L'été est vraiment une saison difficile pour les personnes âgées.

Le galeriste opina avec contrition. Mais en son for intérieur, il écumait de rage. Lui, une personne âgée ? Un abonné « carte vermeille » ? Un électeur du R.P.R. ? Plutôt crever à Nanterre, pensa-t-il furtivement. Plutôt mourir d'épectase dans tes bras juvéniles. Ne compte pas sur moi pour bridger à l'hospice en évoquant la guerre. Laisse-moi plutôt toucher tes seins...

Mais cette rafale de pensées impures ne franchit pas la barrière des lèvres humides. Impénétrable, il se contenta de sourire et manqua tomber dans l'escalier.

Il vit soudain une porte réservée au service et décida de tenter le tout pour le tout. Il planta rapidement la donzelle en prétextant un besoin urgent (« Eh oui, le vieux est aussi incontinent ! », pensa-t-il en guise d'adieu à la belle), et pénétra dans la zone interdite. C'étaient des latrines sales et souterraines, décorées d'affiches de la C.G.T. et de Force ouvrière. Il y régnait une chaleur humide.

Joseph arpenta la pièce en tous sens. Où était l'issue de secours ? Dans la panique, il ne la trouva pas. Il était fait comme un rat. Il n'allait tout de même pas s'enfermer dans une cabine en attendant la mort, comme les *teen-agers* apeurés des films d'horreur américains.

Juste derrière les toilettes pour dames, il dénicha enfin une autre porte, mais lourde, un peu coincée. Il dut la forcer d'un coup d'épaule qui lui vrilla le dos, et déboucha dans une longue coursive souterraine qu'éclairaient de loin en loin des lampes tempêtes accrochées aux murs. Une surprenante brise fraîche balayait l'endroit d'un souffle à peine pollué. Joseph eut un instant d'hésitation, puis il décida à tout hasard de partir vers la gauche.

Bien lui en prit, car au bout de quelques minutes de claudication rapide, il vit poindre la lueur du jour. Il était maintenant à l'entrée d'égouts ou de canalisations, et un escalier en colimaçon le conduisit directement à la surface.

Il resta interdit, tant le tableau était surréaliste. Joseph venait de surgir au beau milieu d'un véritable morceau de Manhattan, posé comme par miracle au cœur d'un agglomérat de palissades borgnes et de terrains vagues. Des hommes d'affaires en cravates et chemisettes circulaient avec des mines affairées, et on aurait dit que tout ce lieu improbable n'était qu'un décor de carton-pâte, que les façades proprettes de brique et de béton ne dissimulaient que la boue et le vide.

Joseph était ébloui par la lumière crue du soleil d'été. Mais la peur fut la plus forte. Vite, il cligna des yeux pour habituer son regard et surveiller les environs. L'ami de Sublime n'était pas en vue. Peut-être le cherchait-il encore dans les couloirs du R.E.R. ? Dans tous les cas de figure, il valait mieux ne pas traîner dans cette cité marchande.

Après s'être repéré tant bien que mal par rapport aux gratte-ciel de La Défense si proches, qui bouchaient l'horizon à moins de cinq kilomètres, il opta pour une jolie avenue pimpante, qu'on avait plantée de jeunes pins et qui se terminait abruptement en chantier. Un bulldozer était en train de raser un pavillon, déjà à moitié détruit. On apercevait la glace d'un lavabo qui scintillait au milieu des gravats depuis un premier étage encore vertical.

Il dut longer une voie ferrée désaffectée et suivit une étroite bande de terre qui serpentait entre rails et chantiers. Soudain le chemin de fer rouillé s'interrompit, pour faire place à un grand champ sale et desséché, plein de détritus, d'orties et de papiers gras. Un peu plus loin, des enfants s'amusaient à sauter d'une carcasse de voiture.

Il traversa le *no man's land* avec peine. Il n'avait pas pensé à la longueur du trajet et sa jambe le faisait de nouveau souffrir. Il dut même s'asseoir un moment sur un gros cube de béton graphité pour reprendre son souffle et apaiser son corps.

Il atteignit enfin l'autre côté du champ et se retrouva dans la fameuse rue Anatole-France.

Comme c'était étrange. L'autre nuit, avec Tazartès et le technicien de T.D.F., l'endroit lui avait semblé gigantesque et terrifiant. Mais en cette chaude matinée de juillet, la rue apparaissait telle qu'elle était vraiment : une petite artère à moitié détruite, qui témoignait de ce qu'avait pu être, juste après la guerre, le vieux Nanterre.

Joseph contempla l'alignement des pavillons qui faisaient face au terrain vague, aux grues et, plus loin, à La Défense. Le quartier tout entier ne survivrait certainement pas aux années quatre-vingt. On allait sans doute inventer en lieu et place une réplique du Bronx, ou une prétendue « base de loisirs » bordée de cages à lapins quatre étoiles, avec prises câble et vide-ordures intégrés.

Il s'engagea avec résolution et ne tarda pas à voir le gigantesque mât qui trahissait la présence de la radio. Des coquelicots sauvages poussaient entre les pavés disjoints. Une femme noire passa avec l'air affairé. Elle portait sur la tête un gros ballot de linge et traînait derrière elle un petit garçon, qui jeta au vieil homme un regard plein de curiosité.

La villa apparut, et Joseph fut une nouvelle fois cueilli à froid par l'aura de danger qui émanait de la bâtisse anodine. Mais il chassa vite la mauvaise intuition. Il n'allait tout de même pas obéir à la première impulsion venue et fuir de nouveau devant des fantômes ! De toute façon, il ne pouvait plus courir.

La banale demeure grise n'offrait au passant que le regard aveugle de ses volets hermétiques. On pouvait imaginer sans peine qu'elle attendait sagement sa destruction prochaine. Seul élément troublant : cette gigantesque antenne, qui n'avait pas sa place dans un paysage de banlieue détruite.

Joseph s'approcha lentement du portail et chercha des yeux une sonnette ou un nom. Mais il n'y avait rien. Il constata avec étonnement que le jardin avait été nettoyé. On aurait même dit que quelqu'un avait balayé le parvis, ainsi que la très laide bande de ciment qui menait du portail au seuil de la maison.

Il observa les fenêtres avec attention, et dut se rendre à l'évidence. Le volet qui s'était entrouvert l'autre nuit et qui l'avait terrorisé, avait été soigneusement refermé.

Donc, il y avait quelqu'un. Il respira profondément pour maîtriser sa peur, se mordit la lèvre inférieure et ouvrit le portail en fer forgé. Le grincement du métal produisit une plainte assourdissante. Nul ici n'avait besoin de sonner pour signaler sa présence.

D'un pas résolu, il traversa le jardin rabougri. Cinq degrés menaient à l'entrée. A l'ombre du bâtiment, il eut froid. Il grimpa les marches et appuya sur la sonnette. Qu'allait-il dire aux occupants? Il eut un moment d'égarement. Il n'y avait même pas songé. Mais cela n'avait plus d'importance. Il improviserait, il mentirait, il raconterait des bobards : « Connaissez-vous les témoins de Jéhovah? Les Saints des Derniers Jours? La Conscience de Krishna? »

Il s'escrima en vain sur le bouton. Rien. L'électricité avait peut-être été coupée... Ou alors, la sonnette ne marchait pas. Il finit par frapper et colla son oreille à la lourde porte. Mais on n'entendait pas un souffle. Derrière lui, le chantier s'était tu. Ce devait être l'heure de la pause-déjeuner.

Il commençait sérieusement à s'énerver et tapa carrément du plat de la main sur le bois épais. Une voiture de police passa à petite allure. Il en fut obscurément rassuré. Elle s'éloigna.

Joseph était perdu et affolé. L'idée de repartir bredouille lui fut intolérable. Il ne voulait plus piétiner sur place en écoutant cette radio maléfique. Trop de gens étaient déjà morts. Alors, que faire? Tenter le tout pour le tout?

L'épaisse porte de bois verni était dotée d'une poignée de cuivre rutilante et vulgaire. Puisqu'il n'y avait personne, pourquoi ne pas essayer d'entrer? Sa main s'éleva doucement et se posa d'elle-même sur la poignée. Pour une raison inconnue, la porte n'était pas verrouillée. Elle s'ouvrit silencieusement sur une obscurité fraîche.

Joseph eut alors une brusque nausée. L'air était empuanti d'une odeur douceâtre de Frigidaire sale.

Il traversa un vestibule désert et passa au salon. Il suffoquait à moitié et dut ouvrir une fenêtre pour chasser les remugles. Mais c'était encore un jour sans vent. La brume de pollution se lèverait sûrement vers trois heures. En attendant, l'air était toujours aussi chargé de putréfaction.

Le jour envahit la pièce, révélant alentours un vide intégral et inhabité.

Il grimpa à l'étage en s'aidant de sa canne, pour ne découvrir qu'une enfilade de chambres abandonnées, sans meubles, sans signes de vie. Il ne comprenait plus rien. Les calculs d'Ahmed étaient-ils faux ? Le technicien avait pourtant été catégorique. Même si on pouvait admettre que les studios fussent ailleurs, l'émetteur se trouvait forcément ici.

Il allait redescendre, quand son regard fut attiré par d'étranges éraflures sur le plancher du vestibule, qui ne se voyaient que depuis le haut des marches. Il les effleura du bout des doigts. Elles étaient récentes. Mieux : on aurait dit qu'elles partaient dans une direction bien précise, un peu comme si on avait traîné récemment hors de la pièce un objet lourd et encombrant. Il suivit l'empreinte à la manière des aveugles qui lisent en braille et se retrouva à genoux, face à une porte basse située dans ce qui avait peut-être été une salle à manger.

Il se releva avec peine, souffla bruyamment pour chasser le mal au dos, et revint sur ses pas pour aller chercher sa canne, qu'il avait abandonnée au bas des marches. Il remarqua alors pour la première fois un petit objet qui traînait par terre, tout contre un mur. Il se baissa au prix d'un effort douloureux et ramassa un morceau cylindrique de plastique rouge. C'était à n'en pas douter un bout de revêtement, qui devait servir à des fils électriques... ou à une radio. Il mit l'objet dans la poche de son blouson et marcha résolument vers la petite porte de la salle à manger. Elle n'était pas verrouillée, mais s'ouvrait sur un escalier raide et vertigineux. Si les traces récentes disaient vrai, on avait certainement traîné des meubles, ou des machines jusqu'à la cave – peut-être des consoles de mixage, des baffles, un émetteur... Mais comment le vérifier ? L'escalier de bois plongeait dans la noirceur la plus absolue. Joseph se pencha en avant pour chercher à tâtons un commutateur. Mais il ressentit un appel de vide si oppressant qu'il crut bien pendant une seconde qu'il allait perdre l'équilibre et basculer dans un puits sans fond. Il trouva miraculeusement un bouton et appuya en vain. La maison était décidément privée d'électricité. Il contempla l'obscurité, sans oser descendre. Comment aurait-il pu s'orienter en bas ? Il n'avait même pas une boîte d'allumettes.

Alors, le vieil homme eut une moue amère et abandonna une nouvelle fois la lutte en poussant un petit rire de dépit. La porte racla bruyamment le sol.

Il eut pourtant un ultime sursaut et voulut combattre son propre défaitisme. Il n'allait quand même pas tout laisser tomber au premier obstacle. Il décida de repasser la maison au peigne fin. Peut-être dénicherait-il d'autres indices, semblables à ce bout de plastique rouge qui pouvait trahir la présence d'une hypothétique radio ou ne rien dire du tout. A pas lents et fatigués, il remonta au premier et entra dans une pièce qu'il avait jusqu'ici négligée. Il s'aperçut à son grand étonnement que la salle de bains était flambant neuve. La baignoire venait tout juste d'être installée. On remarquait sur le mur des inscriptions discrètes au crayon noir : « 22 cm », ou «+ 3 », œuvres d'un plombier récemment venu.

De la salle de bains, on avait une vue assez grandiose. Par-delà le terrain vague et les chantiers, on pouvait admirer d'un seul tenant la masse imposante de La Défense. A voir les grues et les machines, on se disait que les immeubles de verre allaient bientôt tout engloutir et que cette bâtisse en voie de rénovation était de toute façon promise à une inéluctable destruction.

Soudain, Joseph entendit distinctement un bruit de claquement très sec. Il redescendit aussi vite que possible, et vit tout de suite que la porte d'entrée avait été refermée à la volée. Ce ne pouvait pas être un courant d'air, puisqu'il n'y avait absolument pas de vent. L'odeur de renfermé et de moisi continuait d'ailleurs de planer sur les lieux.

Il clopina comme un dératé jusqu'au seuil et chercha des yeux une silhouette fuyante. Mais il n'y avait personne. Les animateurs de 107,8 ne cherchaient vraiment pas le dialogue.

Joseph resta immobile sur le seuil et referma lentement la lourde porte.

Eh bien! Il fallait partir. Nouvelle visite, nouvel échec. Il n'avait même pas les larmes aux yeux. Il se sentait minable. Tout simplement. Rien qu'un type sans intérêt, propulsé par erreur au cœur d'une intrigue qui le dépassait. Un antihéros. Un beauf.

Tout en regagnant piteusement la gare du R.E.R., il eut tout loisir de ressasser une nouvelle fois cette énigme poisseuse qui l'obsédait chaque jour un peu plus. De deux choses l'une : ou bien la radio avait déménagé sans crier gare, ou bien elle se calfeutrait dans la cave. Comme une bestiole venimeuse. Comme une maladie virale qui laissait derrière elle une vieille odeur de frigo éteint.

Cette dernière pensée le mit littéralement en fureur contre lui-même. Il marchait à grandes enjambées au milieu des gravats et lançait sa canne en avant avec une dextérité de randonneur. La colère lui avait anesthésié le dos.

Le soleil pimpant faisait maintenant briller l'acier des poutrelles, et Nanterre la borgne en devenait presque ludique.

Le soir même, Elle émit.

MARDI 22 JUILLET

Jacques Tazartès n'eut droit qu'à quelques lignes d'épitaphe, reléguées au bas d'une page intérieure de *Libération*, sous un titre qui se voulait à la fois drôle et triste :

Matin blême. Le corps du journaliste Jacques Tazartès, du Matin de Paris, *a justement été retrouvé hier matin sur l'île au Cygne, en face de la Maison de la radio. Selon une source policière, notre confrère aurait succombé à plusieurs coups de couteaux. Rappelons que l'île au Cygne est considérée comme un des lieux fétiches de la communauté homosexuelle. D'où une légitime inquiétude : s'agit-il d'un simple crime de rôdeur, ou d'une agression raciste antigay? Jacques Tazartès était âgé de vingt-six ans. Grand reporter au* Matin, *il devait animer à la rentrée une émission d'offres d'emploi sur* Fréquence Gaie.

Michel Rocard jaillit prestement d'une rutilante CX noire, à l'instant même où d'épaisses gouttes de pluie tiède commençaient à tacher le sol. Sans se soucier de ce début d'averse, il devisa quelques instants sur le trottoir avec un vieux monsieur qui arborait une légion d'honneur, avant d'être soudainement interrompu par une avalanche de cris gutturaux en arabe, espagnol, et français. Il leva la tête avec un bon sourire étonné. Des ouvriers qui l'avaient repéré d'un échafaudage proche lui prodiguaient bruyamment leurs encouragements : « Ro-card, Mit-ter-rand ! ». Puis, très vite : « Ro-card Pré-si-dent ! » Un ténor à la voix remarquable hurla même en un curieux sabir :

— *El pueblo unido* ne sera jamais vaincu !

Le dirigeant socialiste leur fit de la main un petit signe de complicité amicale et s'engouffra vivement dans le tourniquet de l'hôtel Georges V.

Joseph s'était mêlé aux rares badauds qui s'égaillèrent bientôt sous l'averse devenue crépitante. Michel Rocard était passé à moins de un mètre de lui. Il avait failli l'aborder pour lui parler de la radio, mais s'était ravisé à temps. Ce n'était vraiment pas le moment de finir à Sainte-Anne ! Qui pourrait croire son histoire hallucinée d'auditeurs en danger ?

A pas lents, il descendit l'avenue Georges V jusqu'à la place de l'Alma et s'abrita tant bien que mal sous un gros arbre qui jouxtait un kiosque. Machinalement, il jeta son *Libé* dans le caniveau et l'observa qui filait vers l'égout, entraîné par un courant violent. C'était un été de pluie, d'orages et d'éclairs. Véritable fétu de paille ballotté par la tempête, le galeriste n'était plus maître de rien. Ses amis mouraient, ses biens étaient saccagés, et il restait là, les bras ballants, à regarder tomber l'averse. Pour l'heure, il avait rendez-vous et se tenait exagérément au garde-à-vous sous le fragile abri d'un gros platane.

Une grosse punkette moulée dans un collant noir sortit du métro en soufflant comme un phoque. Était-ce à cause de ses cuisses boudinées ou de son rouge à lèvres luisant ? Elle exsudait en tout cas une vulgarité de Prisunic. On l'imaginait en blouse rose derrière une caisse, fièrement absorbée dans la lecture de Mickey, trouvant ça génial.

Elle repéra immédiatement Joseph et s'avança vers lui sans hésiter. Elle l'avait appelé deux heures avant pour lui fixer rendez-vous. Il s'agissait, n'est-ce pas, d'expliquer certains phénomènes de saccage. Elle avait les cheveux noirs hérissés en porc-épic et son maquillage outrancier lui donnait un visage de bouddah plâtré. Elle avait pour tout dire une physionomie de masque. Son blouson en Skaï élimé était constellé de badges et d'épingles à nourrice. Avec sa peau blanchâtre et trop fardée, elle ressemblait un peu à un polichinelle ancien... Mais le vieil homme ne la détailla qu'à contrecœur. Car la jeune loubarde obèse était évidemment l'ambassadrice des destructeurs. En d'autres temps, Joseph aurait sans doute eu un peu peur d'elle. Il aurait craint pour ses biens, ses tableaux, son capital. La violence imbécile des punks l'avait toujours effrayé.

Mais c'était avant 107,8... Maintenant, il avait déjà tout perdu. Il se battait contre un adversaire tellement plus fort, tellement plus dangereux qu'une petite bande de lumpen-prolétaires...

La fille fut d'une affligeante banalité. Aidée de quelques « potes sûrs », elle comptait empoisonner durablement la vie du galeriste, à moins bien entendu qu'il ne verse prestement une somme rondelette.

Joseph ne put cacher son étonnement. De quel droit cette punkette mafieuse s'en prenait-elle à lui ? Avait-elle quelque chose à voir avec Pascal Sublime ?

La truie le regarda avec une sorte de défi bête et se ménagea un silence théâtral, pour mieux assener sa stupéfiante vérité : elle était en toute simplicité le véritable auteur des œuvres de Sublime. Sur le coup, Joseph ne comprit pas. Les Tampax pouvaient-ils avoir un auteur ? Mais la vérité apparut bientôt dans toute son horreur pourpre.

Ainsi, les centaines de tampons souillés provenaient de la grosse fille, qui avait en quelque sorte fourni la matière première de l'œuvre. Le vieil esthète la vit alors d'un œil nouveau et eut le plus grand mal à cacher sa répulsion. Pendant une seconde, il l'imagina atteinte d'une inexplicable et malsaine hémorragie, d'une perte incontrôlée. Un déluge rouge passa devant ses yeux :

— Dans *Le Bal des vampires* aussi, il pleut du sang, remarqua-t-il comme pour lui-même.

La fille ne comprit pas le sens de la remarque et ne put qu'ajouter, incertaine :

— Vous savez, je saigne abondamment.

Et tout était résumé dans cette phrase sibylline.

Au fond, elle réclamait des droits d'auteur et vouait à Sublime une haine éternelle, plus forte que la mort elle-même. Le jeune homme ne lui avait-il pas juré qu'elle co-signerait l'expo ? Elle s'était sentie flouée, exploitée, escroquée, et n'avait alors eu qu'une seule idée en tête : la vengeance. Aidée du fameux copain et de quelques autres, elle avait détruit la galerie, puis le « satellite », et revendiquait pleinement ces actes au nom d'une nouvelle mouture punk de la justice populaire.

L'overdose de Sublime l'avait certes désarçonnée, mais elle avait rapidement vu en Joseph le légataire universel des dettes. Ne gagnait-il pas sa vie sur le dos des artistes ? Le vieil homme se racla posément la gorge.

Il accueillit menaces et insultes avec un flegme plus que britannique. Au fond de lui-même, il se moquait éperdument de ces enfants perdus de 77, qui finiraient chômeurs, suicidés, ou pire, publicitaires. Son combat était d'une tout autre nature. Pour un peu, il aurait presque remercié la grosse fille. Elle l'ignorait, bien sûr, mais elle l'avait rassuré. Il savait maintenant avec certitude que la radio déployait ses filets à un tout autre niveau et que Pascal Sublime avait été la proie d'une machine complexe et inconnue, bien plus dangereuse que cette bande minable de loubards à petit calibre.

Joseph fut encore plus punk que les punks. Avec la fausse assurance des hommes qui jouent leur vie et ne craignent plus les intermédiaires, il la congédia en quelques phrases déplaisantes et lui retourna ses menaces avec une froideur qui la stupéfia. Cette réaction n'était évidemment pas prévue au programme. Sans conviction, elle l'insulta trop fort, lui promit une vengeance du tonnerre et une destruction sans bornes. Une trombe de grêle mit heureusement fin à sa banale logorrhée. Elle partit la tête haute, en métro, en seconde évidemment.

Joseph resta seul au beau milieu de la place de l'Alma qui s'était subitement vidée. Il ne parut pas se rendre compte de l'averse et se tint immobile au milieu du carrefour déserté.

Des milliers de petits grains blancs crépitaient silencieusement sur son visage, avant de rebondir sur le sol. Ça piquait. Soudain le soleil se maria à la grêle et le spectacle devint féerique. Le sol se transforma en tapis d'or et de glace, tandis que les grains scintillaient comme des émeraudes jetées en pluie. Mais le phénomène ne dura pas. Le soleil eut raison de l'averse, et un arc-en-ciel aux couleurs blafardes et trop pâles apparut fugitivement au-dessus du pont de l'Alma.

Joseph prit un taxi à la station de l'avenue Georges V.

MERCREDI 23 JUILLET

Il y avait une fête chez les voisins du vingt-huitième. Depuis son lit, Joseph subissait une musique bruyante, des rires stridents de filles en chaleur et des voix mâles en démonstration :

— Philippe a vu Sonia ! Ah ! Ah ! Il a vu Sonia !

Un verre se brisa et les rires fusèrent encore. Le vieil homme ne bougea pas un muscle. Allongé tout habillé sur son lit, il gardait obstinément les yeux grands ouverts et attendait.

— Philippe était persuadé que Sonia était partie avec Paco...

— Paco ?? Oh ! Oh !

Il se leva avec des gestes calculés. Saisissant sa canne qui était posée contre la table de nuit, il claudiqua jusqu'au bureau et alluma la radio, selon un rituel immuable.

Il était presque neuf heures. L'émission allait bientôt distiller son malheur indifférent et sa lente cérémonie des adieux. Comptable impuissant de l'horreur au quotidien, Joseph se mit de nouveau à l'affût, en priant pour qu'aucun nom connu de lui ne passât à l'antenne.

Tout se déroula comme à l'accoutumée : la voix emplit l'habitacle et vint bientôt couvrir les éclats de la fête du dessous.

— Paco ! Tu n'as pas vu Sonia ? Ah ! Ah !

Mais à la fin du programme, Joseph crut que son cœur allait s'arrêter de battre. Car l'émission venait de subir une étonnante modification. Au lieu de donner congé de façon laconique, le speaker étranger avait lancé un appel inédit :

« C'était notre émission du mercredi 23 juillet 1981. Notre prochaine émission aura lieu demain jeudi 24 juillet à vingt et une heures sur la même fréquence. Si vous désirez figurer sur notre liste, appelez le 371 33 56. »

Fébrilement, le vieil homme se jeta sur un crayon à papier dont il cassa à moitié la mine et griffonna le numéro sur la couverture d'un livre de comptes.

Soudain, on sonna. Il eut un instant de vide. Que faisait-il ici exactement ? Il écoutait la radio, mais quoi ? La mémoire lui revint en flash avec dans la tête un bruit de porte qui claquait. Il oublia d'éteindre le poste. L'émission était déjà terminée et l'habituel crachotis blanc se répandait en vagues sonores dans la pièce. Chez les voisins, la fête battait toujours son plein :

— So-nia ! So-nia !

Ce n'était que Marianne, gentiment inquiète :

— Je te dérange ? Je venais prendre des nouvelles du poète boiteux. Et de sa jambe.

Joseph se força à sourire. Il chercha vainement une répartie drôle, mais rien ne vint. Alors il se tut. Elle était vêtue pour l'occasion d'un simple jean délavé et d'une jolie veste bleu clair qui mettait en valeur son hâle entretenu et sa coiffure impeccable.

Il ne sut comment réagir à la charmante intrusion. Il était trop angoissé pour jouer la désinvolture et l'accueillit mécaniquement, avec une courtoisie un peu compassée qui ne lui ressemblait guère. Elle parut ne s'apercevoir de rien, mais éteignit d'elle-même la radio branchée sur le vide hertzien. Alors elle pivota d'un coup, attrapa l'homme aux épaules et le secoua avec une familiarité de grande sœur :

— Dis moi ce qui se passe, Joseph !

L'amateur d'art en fut touché. Cette femme était trop intelligente, trop sensible pour qu'on lui mente. Mais comment lui dire ?... Il lui proposa d'aller boire un verre quelque part.

Mais lorsqu'ils furent dans l'ascenseur, il appuya d'autorité sur le bouton du deuxième étage. Elle parut surprise, mais ne dit rien. Contre toute attente, la porte automatique s'ouvrit sur une grande esplanade à ciel ouvert. Les immeubles géants de Beaugrenelle correspondaient en effet entre eux par un jeu complexe de terrasses bétonnées et de jardins suspendus qui permettaient de passer d'un gratte-ciel à l'autre sans jamais descendre dans la rue. Petit à petit, un village surélevé avait pris forme au niveau du deuxième. Il y avait des gamins en patins à roulettes, des restaurants, des épiciers arabes et même des couples qui s'enlaçaient.

Ce soir-là, le ciel était plein d'étoiles et la lune rousse annonçait le retour de la canicule. Vus de loin, Joseph et Marianne donnaient l'image d'une parfaite sérénité. On aurait dit qu'une gentille jeune femme accompagnait son vieux père claudicant dans sa rituelle promenade digestive. Le vieil homme raconta tout. Marianne se taisait. Les yeux plissés par l'attention, elle subissait l'extravagant récit et n'arrivait pas à comprendre ce qui lui arrivait. La soirée ne se déroulait pas comme prévu. Lorsqu'il eut tout révélé, en omettant à dessein le dernier épisode où la radio donnait un téléphone, elle le dévisagea :

— Il y a une faille. Je comprends que cette radio soit mystérieuse et qu'elle ait peut-être un lien avec des morts, mais pourquoi toi ? Pourquoi la poursuis-tu, toi ? Ce n'est pas ton affaire.

— Au début, j'ai cru que le saccage de ma galerie et la mort de Sublime étaient liés. Je me suis dit qu'on m'en voulait...

— Et tu n'as pas appelé la police ?

— Je n'avais aucune preuve.

— Mais la police sert à enquêter ! Elle est là pour arrêter, pour punir les coupables. Que feras-tu quand tu te retrouveras face à eux ? Tu dégaineras ton P. 38 ?

Joseph s'approcha de la rembarde, contempla la rue, les quais, la Seine en contrebas. Un minibus orange immatriculé en Allemagne passa à petite allure. Il sourit sans raison, avec un rien d'amertume et un soupçon d'ironie.

— Je ne peux plus abandonner, maintenant.

— Et le danger ?

— Je l'ai toujours fui. Toute ma vie. Mais pas cette fois. C'est comme un défi personnel. Si je laissais tomber maintenant, je ne pourrais même plus me regarder dans un miroir.

— Tu ne sais même pas contre qui tu luttes.

—Écoute, Marianne. Cette radio a tué Pascal Sublime, Igor Panine, Jacques Tazartès et des dizaines d'autres ! Qui me dit que tu ne seras pas demain la prochaine élue ?

—Élue ?

Pour la première fois, Marianne considéra le vieil homme avec un certain effroi. Se pouvait-il qu'il soit... dérangé ? Après tout, elle ne le connaissait que depuis quelques jours. Son histoire abracadabrante pouvait très bien être la construction mentale d'un quelconque psychopathe. Peut-être était-il paranoïaque au dernier degré...

— Tu vois un médecin ?

Il la regarda sans comprendre, avec un sourire idiot encore figé sur les lèvres.

— Je te vois, toi.

Elle toussota pour cacher sa gêne. Le visage du vieillard était à moitié plongé dans la pénombre. Subitement, elle eut peur. D'un simple geste, il pouvait faire d'elle... une « élue ». Qui l'aurait su ? Sa fille était en vacances chez son père, et elle n'avait dit à personne qu'elle lui rendait visite. Elle pouvait très bien finir dans la rubriques des « crimes de juillet »...

— Je voulais dire : tu connais un psychiatre ?

Il ne lui fit même pas un petit signe d'adieu. Lentement, posément, banalement, il retourna vers l'ascenseur, en s'aidant de sa canne. Lorsque la porte coulissante se referma sur lui et qu'il se retrouva seul dans l'habitacle confiné, une épaisse chape de silence lui tomba sur les épaules. Il se regarda dans la glace et vit un visage ridé, avec deux yeux bleus, étrangement enfantins. Des yeux sans malice, sans rouerie. Des yeux qui avaient peur.

JEUDI 24 JUILLET

Il était couché.

Son corps trop immobile et trop rigide faisait penser à un cadavre. S'il avait été un chat, on aurait cependant pu voir ses yeux grands ouverts dans l'obscurité. Pendant des heures et des heures, il avait cherché le sommeil et avait descendu des escaliers qui menaient à des portes suspendues dans le ciel, et puis d'autres marches qui tantôt montaient, tantôt descendaient, tantôt se tordaient absurdement dans le vide. A maintes reprises, il avait basculé dans un engourdissement prémonitoire. Mais chaque fois que la nuit avait failli l'envelopper, il s'était brusquement réveillé sans raison apparente.

Il faisait horriblement chaud. On cherchait l'air. A un moment donné, il avait fini par se coller un gant de toilette mouillé sur le front. Mais le tissu avait presque immédiatement durci, pour se transformer en un désagréable carton rigide. Joseph avait depuis longtemps rejeté le drap. Il gisait nu, les yeux ouverts, et il pensait à sa radio. Devait-il appeler le numéro qui était passé à l'antenne ? Ce serait un acte audacieux, voire téméraire. Mais il pouvait toujours se faire passer pour un quidam avide de renseignements. Après tout, rien n'était plus anonyme qu'un standard de radios libres.

A cinq heures moins le quart du matin, le ciel vira doucement du noir étoilé au bleu très foncé. Lorsque la couleur se fut affirmée et que le bleu eut définitivement triomphé de l'obscur, le vieil homme marcha tout nu jusqu'à la fenêtre. Il régnait un semblant de fraîcheur. Il aspira profondément l'air parisien et sentit la fragile brise du petit matin lui assécher le corps, chassant les remugles de transpiration.

Il avait sur la poitrine quelques poils blancs, qu'il lissa un instant du plat de la main.

Le bleu du ciel devenait toujours plus profond, plus intense. C'était l'heure éblouissante de la naissance de l'aube. Joseph en conçut une trouble allégresse. Il se sentait de nouveau jeune, prêt à l'action, à la séduction et aux expos de morpions – pourquoi pas s'ils peignent aussi ? La nature en son éveil l'avait contaminé, et il était dispos, léger, positif enfin. Dans son élan d'enthousiasme, il poussa l'audace jusqu'à pratiquer quelques fugitifs mouvements de gymnastique, du style flexion des bras. Mais un mauvais déclic dans la colonne le força prestement à s'arrêter. Il n'avait aucune envie de s'habiller et ne désirait surtout pas penser. Par jeu, il se balada dans son appartement obscur en laissant traîner ses doigts sur les murs frais. Il parvint ainsi devant son bureau, où trônait toujours le transistor. Il faillit allumer, mais se retint à temps. A quoi bon troubler le délicieux silence du matin ? Il se laissa tomber sur la chaise et entreprit de ranger les papiers, crayons, gommes et verres sales qui y traînaient. Ses mains rencontrèrent vite la feuille où il avait noté le fameux numéro. Il s'en saisit machinalement et la soupesa entre ses doigts. Puis il en fit une boule, qu'il expédia d'une pichenette dans la corbeille à papier. Fin de l'histoire. Et quelle délivrance ! Mais comment avait-il pu se laisser si longtemps envoûter – car il n'y avait pas d'autre mot – par la curieuse radio libre ? Il haussa les épaules et passa dans la cuisine, un sourire béat vissé sur les lèvres. Après avoir déposé deux verres sales dans l'évier – il les rincerait plus tard –, il mit du café dans la machine, appuya sur le bouton et attendit l'inéluctable et rassurant gargouillis.

Lorsqu'il revint dans la chambre, le bleu s'était nettement éclairci. Bientôt, des teintes roses s'insinueraient, juste avant l'invasion écarlate et sanglante qui annoncerait l'arrivée du jour et le retour du chaud.

Le café n'avait pas encore fini de passer qu'il était déjà par terre, à quatre pattes, en train d'éparpiller le contenu de la corbeille. Enfin, la voilà. Il défroissa la feuille et décrocha immédiatement son téléphone. Était-ce uniquement la curiosité qui avait été la plus forte ? A cet instant précis, il n'aurait pas su le dire. Il avait de toute façon bien trop peur. Le 371 33 56 ne sonnait pas occupé. Les secondes s'égrenèrent. Les yeux du vieil homme étaient si écarquillés qu'ils lui donnaient presque un regard de dément. Quelle heure pouvait-il être ? Cinq heures et demie, tout au plus. Ce n'était pas une heure pour réveiller les gens, mais dans la jungle des stations F.M., personne ne dormait encore. Chaque nuit, des centaines d'auditeurs insomniaques déliraient en direct avec des animateurs tout aussi esseulés et grelottants. Ces interminables dialogues nocturnes ne prenaient fin que vers huit ou neuf heures, lorsqu'arrivait le moment fatidique d'aller au travail. L'aube était donc une heure d'affluence, où les standards ne cessaient de crépiter.

A la cinquième sonnerie, un répondeur se mit en marche :

« Ici le 371 33 56. Si vous désirez figurer sur notre liste, veuillez laisser vos coordonnées juste après le signal sonore. Bip ! »

De frayeur, il raccrocha brutalement. Il avait reconnu l'éternelle voix étrangère, laconique, sans timbre et sans vie. Il se mit à réfléchir à toute vitesse et eut soudain une idée aussi lumineuse que le soleil rougeoyant qui commençait déjà à distiller sa chaleur depuis les lointains entrepôts de Bercy. Il rappela aussi vite qu'il put. Lorsqu'arriva le temps du message, il n'hésita qu'un bref instant :

— Bonjour, je m'appelle… Jacques Tazartès, du *Matin-Magazine*. Je prépare actuellement un sujet sur les radios libres les plus pittoresques de Paris, et j'aimerais beaucoup vous rencontrer pour un échange de vues. Pourriez-vous me rappeler au… », et il donna son propre numéro. Un vrai coup de bluff, mais le poisson était sûrement ferré. Allait-il mordre, sortir de l'eau trouble où il se tenait à couvert ? Les animateurs de la mortelle fréquence seraient sans doute très étonnés de recevoir un appel de celui-là même qu'ils tenaient pour mort. Quelle blague !

— Avec moi, ils sont tombés sur un vieux dur à cuire, chuchota-t-il comme s'il craignait qu'on puisse l'entendre. Je vais leur montrer de quel bois je me chauffe.

Il se recoucha avec délice, tandis qu'autour de lui Paris s'éveillait et s'apprêtait à vivre une nouvelle journée d'extrême chaleur. De toute façon, il n'avait même pas pris la peine de s'habiller. A peine sa tête eut-elle touché l'oreiller qu'il poussa une porte ancienne – peut-être celle de la maison de Nanterre – et bascula dans un grand toboggan qui le fit glisser au ralenti jusqu'au sommeil profond.

Lorsqu'il reprit connaissance, il eut d'abord l'étrange impression de baigner dans un ruisseau d'eau tiède. Engourdi par le sommeil, il respira profondément et, dans son rêve vacillant, il tentait de humer les parfums du cours d'eau. Ici une marguerite, là quelque herbe folle, entraînée par le courant… Mais la seule odeur qui vint s'insinuer dans ses narines était celle d'un steak que ses voisins faisaient cuire, toutes fenêtres ouvertes, dans un grand bruit lointain de chair rissolée. Il ouvrit tout à fait les yeux et prit conscience de l'épaisse moiteur ambiante. Un soleil implacable dardait ses rayons sans que la chaleur de l'été fût obstruée par le moindre nuage. Ainsi la canicule avait de nouveau étendu son manteau de plomb. Joseph bougea légèrement : il s'aperçut que tout son corps était recouvert d'une pellicule de sueur. Il grogna, se leva, mit *R.F.M.*, et s'aperçut bientôt qu'il était déjà treize heures. L'odeur de viande poêlée lui donna alors des envies de banquet.

Instinctivement, il décrocha son téléphone et composa le numéro de Marianne. Était-elle fâchée de sa sortie d'hier soir ? Peut-être avait-elle déjà oublié. De toute façon, ce n'était pas bien grave. Tout comme leur aventure, qui ne tenait qu'à un fil et s'interromprait bien entendu dès la rentrée venue. Elle n'était pas là. Il ne jugea pas utile de laisser un message sur son très professionnel répondeur de médecin en mission. Qui soignait-elle, maintenant ? Un jeune et bel étudiant ? Il faillit sourire et passa sous la douche, où il savoura longuement le jet tiède et tranquille. Il s'habilla paisiblement d'un éternel jean et d'une chemise rose à manches courtes. Ses cheveux étaient soigneusement lissés. Avec ses santiags aux pieds, il devait ressembler au père de Vince Taylor, mais avait-il les moyens de sa politique ? Il fit quelques pas de long en large pour s'échauffer. Tout allait plutôt bien. Il n'avait presque plus mal. Le dos semblait momentanément insensible et la jambe allait beaucoup mieux. Une vilaine idée le tarauda alors. Pourquoi ne pas enfreindre les ordres du joli docteur et remplacer la canne d'infirme par la Harley-Davidson ?

Quelques minutes plus tard, il fonçait comme un dératé sur le périphérique désert et appréciait la morsure de l'air chaud qui lui fouettait le visage et rappelait curieusement le Sahara. Il sortit porte d'Orléans, mit prestement le cap sur le Palais-Royal. Tout compte fait, il avait, à y bien réfléchir, une envie de manger japonais.

Il traversa Denfert-Rochereau comme une fusée et s'engouffra à toute vitesse dans le boulevard Raspail. Il lui arriva même de penser à la radio, et il ne put réprimer un demi-sourire. Rendez-vous à vingt et une heures, pour voir...

Il atteignit finalement la place du Palais-Royal et gara la moto près de la fontaine qui fait face à la Comédie-Française, du côté de la rue de Richelieu. Une jeune fille en collant noir jeta un coup d'œil à la Harley. Il ne put s'empêcher d'apprécier ses formes frêles, ses rondeurs esquissées, la peau à peine duvetée de sa nuque dorée par le soleil. Elle dut sentir qu'il la regardait, car elle darda sur lui un bref instant ses yeux bleu nuit, qui détonnaient sur son visage bronzé. Elle devait avoir vingt ans. Joseph en conçut toute une nostalgie songeuse. Que se passerait-il s'il la suivait, s'il lui parlait dans la rue – mais que pourrait-il bien trouver à lui dire ? –, s'il l'invitait à boire un verre avec lui ?

Elle tourna dans la rue Montpensier. Le charme était rompu. Il haussa les épaules et remonta la rue de Richelieu avec une lente démarche de touriste nonchalant. Il n'osait guère presser le pas, de peur que l'une ou l'autre de ses douleurs ne se réveille à l'improviste. Il parvint enfin rue Sainte-Anne. Ici, rien ne changeait jamais. Toujours l'étrange juxta-position des touristes japonais qui se pressaient dans leurs restaurants et des prostitués gays qui faisaient le tapin en grand nombre à chaque croisement. La plupart étaient très jeunes : seize, dix-sept ans. Vêtus d'étranges oripeaux, shorts panthères, tee-shirts en lamé et bottes violettes, ils prenaient des poses lascives, renversés sur les capots des voitures sta-tionnées. Joseph fut dévisagé, effleuré, alpagué, interrogé, mais se révéla très vite un mauvais client. Il finit par entrer chez « Issé », un restaurant nippon, noir et laqué, qui jouxtait presque le square Louvois. Air conditionné oblige, la salle tamisée était baignée d'une douce fraîcheur. Il s'installa au bar où il était possible de déguster des sushis. Joseph aimait bien ces morceaux de poisson cru accompagnés de riz et de feuilles d'algues. C'était diététique et ça attirait les jolies filles, soucieuses de garder la ligne à n'importe quel prix. Les restaurants japonais n'avaient alors qu'un seul défaut : ils étaient parmis les plus chers de Paris. L'absurdité de leurs tarifs était encore rehaussée par la petitesse des parts. Il se trouvait pourtant un assez grand nombre d'esthètes aventu-reux pour aimer se faire plumer en dégustant longuement quelques copeaux de viande, ou quelques lamelles de pois-son artistiquement disposées sur une jolie assiette.

Joseph commanda un assortiment de sushis et une soupe. Tandis qu'il savourait lentement thon, saumon, poulpe et chinchard, un cuisinier stylé s'affairait de l'autre côté du bar. Il y avait peu de clients. Tous à l'exception du vieil homme étaient japonais. Le cuisinier se pencha sous le comptoir et sortit d'un bac réfrigéré un saumon entier. La bête devait faire au mois un mètre de long. Il la jeta devant lui et commença à la découper avec un long couteau pointu. Joseph ne pouvait détacher ses yeux de l'énorme poisson, gros comme un enfant. Méthodiquement, le cuisinier transperça la peau grise et taillada la chair rose en longs filets qu'il posait ensuite devant lui. Il fut bientôt entouré de hauts monticules, et continua sans fin à évider la bête avec des gestes sûrs de poissonnier expérimenté. Le saumon ne fut plus qu'un gros tas de chair crue, que les hommes allaient consommer avec un peu de riz.

La porte s'ouvrit et un peu d'air chaud pénétra dans la salle fraîche. Joseph remarqua que, par un mystérieux système d'aération qu'il ne pouvait distinguer, ça ne sentait pas le poisson. Il n'était pourtant qu'à quelques centimètres de la grosse carcasse écorchée.

Une main se posa sur son épaule. Il sursauta et tomba sur la trogne avinée d'un clochard de cinquante ans, puant le vin et la crasse qui lui parla d'une voix très rauque, un peu trop calme :

— Auriez-vous une petite pièce, monsieur ?

Joseph bredouilla une vague réponse négative. L'autre se dirigea alors vers un groupe de Japonais en complets-veston assis autour d'une table ronde. Mais le maître d'hôtel, un petit Nippon à l'aspect chétif, le bloqua juste à temps et le conduisit fermement vers la porte. Le mendiant se laissa faire. Mais avant de retourner sur le pavé brûlant, il lâcha quelques mots, que d'abord Joseph ne comprit pas :

— Je suis le mercenaire des pauvres, le réformateur des peuples.

Il avait une curieuse manière de s'exprimer. A la différence des clochards habituels, celui-ci ne braillait pas. Il parlait d'une voix éternellement basse et paisible. On en concevait un inexplicable malaise. Joseph le regarda s'éloigner par la vitre teintée. Le réformateur des peuples entra dans le square, se retourna, sembla fixer le vieil homme, puis il s'assit sur un banc, à l'ombre, comme n'importe quel retraité. « Je suis le mercenaire des pauvres »... Que voulait-il dire par là ? Le Japonais chétif posa devant lui une serviette chaude. Joseph se la passa lentement sur le front.

Soudain, il comprit. Ce clochard... Cette voix... Mais non, c'était impossible... Et pourtant, on aurait dit... « Tu dérailles, mon vieux ! La machine s'enraye. » Il paya le plus vite possible et se jeta dans le cagnard. Vite, il traversa la rue, passa le portillon du square... mais le clochard était déjà parti. Joseph s'assit à son tour à l'ombre d'un gros chêne. Avait-il encore rêvé ? Ce « mercenaire des pauvres » parlait comme... Elle. Il se sentit envahi d'une brusque suée et ferma les yeux en déglutissant avec peine. Sa langue était en carton. Il avait du mal à respirer, se sentit environné d'un étrange brouillard écarlate. Comment réussit-il à se lever ? Lui-même n'aurait su le dire. Mais il avait aperçu à l'autre bout du square une petite fontaine d'eau potable. Il enjamba le bac à sable, heureusement désert à cette heure trop chaude, et atteignit enfin le petit monolithe de fonte. Mais lorsqu'il dut plier les genoux pour glisser son visage sous le robinet, une gerbe d'étincelles de douleur jaillit de son dos. Il eut fugitivement le sentiment atroce qu'un bourreau lui tordait méthodiquement la colonne vertébrale en vrillant chaque nerf. L'eau éclaboussa son visage torturé. Il se redressa dans la brume – y en avait-il vraiment ? –, chancela comme un aveugle perdu dans une jungle de sons, et finit par s'abattre sur le sol, en soulevant un tout petit nuage de poussière chaude.

La première vision qu'il eut en ouvrant les yeux fut celle d'une fresque naïve représentant un enfant qui nourrissait une chèvre avec du foin. Il tourna la tête et aperçut une rangée de lustres, prêts à fondre sur lui. Tout ceci ne voulait rien dire. Il referma les yeux. Quand il les rouvrit, un visage le fixait avec une curiosité malsaine. C'était une grosse femme bouffie et suante, aux lèvres peintes en rouge vermillon. Elle avait ceint son double menton d'un collier de simili-perles :

— Ben si, il est réveillé, clama-t-elle d'une voix trop forte. Et lorsqu'elle ouvrit la bouche, Joseph sentit clairement une odeur d'oignon. Il se redressa doucement. On l'avait allongé sur une banquette, tout près d'une table dont les reliefs n'avaient pas été desservis. La femme lui coula un regard inquisiteur :

— Ça va? Vous vous sentez bien?

Joseph se mit debout. Il chancelait un tout petit peu :

— Auriez-vous un verre d'eau?

— Bien sûr! Maurice, un « château-chirac »!

Le dénommé Maurice ne se le fit pas répéter deux fois. En trois bonds nerveux, il fut près du vieil homme, et lui tendit obligeamment un ballon d'eau du robinet. Il avait de fort belles moustaches arrondies, dans le style Belle Époque. Joseph but son verre d'un trait, à la manière des alcooliques pressés qui commandent des whiskies à neuf heures du matin et les descendent en une seule gorgée, comme s'il s'agissait de médicaments.

Que lui était-il arrivé? Il ne s'en souvenait plus. Mais il sentait sur ses épaules le poids écrasant de l'épuisement. Il devrait partir en vacances, mais où? Il n'avait pour l'heure aucune minette à entraîner. A moins que Marianne... Mais non, tout était déjà fini.

Il se replia sur la Harley d'un pas d'escargot. Au moment de l'enfourcher, il eut peur. Dans son état, il risquait fort de se viander au premier carrefour agité. Après une courte réflexion, il traversa l'avenue de l'Opéra et prit un taxi à la station qui se trouvait juste en face du restaurant « Osaka ».

Le reste du jour se passa en une sorte de sieste glauque où somnolences, cauchemars et angoisse s'entremêlaient. On y voyait le réformateur des peuples armé d'un pinceau rougeoyant qui marquait sur les murs de « Casablanca » une inscription illisible, tout en souriant de ses dents noires et ébréchées. Il se retournait et, fixant Joseph qui l'observait avec un détachement feint, lui murmurait :

— Il faut de la peinture à l'huile, sinon ça ne va pas tenir.

Il avait exactement la voix de la radio, le même accent étranger, la même élocution robotique, la même absence de sentiments.

Joseph grelotta, puis il eut très chaud. Couché tout habillé sur son vieux lit qui en avait vu d'autres, il délira péniblement jusqu'au soir.

Une épaisse chaleur planait sur Paris. C'était sans nul doute une des journées les plus chaudes de l'été. Le thermomètre avait du grimper jusqu'à trente-cinq. Mais Joseph n'en avait guère conscience. Il n'avait même pas songé à enlever ses bottes.

Il ne reprit ses esprits qu'à la tombée du soleil, lorsque l'astre déclinant abandonna le « satellite » et le laissa dans la pénombre, seul face à ses délires.

Il se redressa, passa au bureau. Son corps était terriblement courbatu. Il avait du attraper froid. Par cette chaleur ?

Il alluma la radio. *R.F.M.* lui annonça bientôt qu'il était huit heures.

Plus qu'une heure…

Ce fut vite passé. Joseph en avait profité pour boire beaucoup d'eau et pour grignoter un paquet de chips retrouvé dans un placard. S'il avait encore faim après l'émission, il pouvait toujours descendre chez l'Arabe.

A neuf heures tapantes, il fut fidèle au rendez-vous et se laissa entraîner par la voix envoûtante de l'émetteur clandestin. La liste ne le surprit point :

« Sybbille Chapelier, Philippe Clairant, Anne Cohen, Bertrand David, John Denver, Édouard d'Entremont, Ali Essad, Omar Foitih, Joseph… »

Et voilà.

Il avait gagné.

Gros lot, Totocalcio et loterie nationale.

Le tiercé dans l'ordre pour le vieux téméraire qui n'en pouvait plus de vivre banalement.

Il voulait du changement, de l'épice, du sel, du danger ? Il allait être servi au centuple.

Le début du compte à rebours. L'inéluctable. L'indicible. Tout était réglé maintenant. Il n'avait plus qu'à attendre.

Joseph sentit un filet de sueur froide naître entre ses omoplates et s'écouler lentement le long du dos. Il se prit la tête entre les mains, tituba quelques instants. Qu'avait-il fait, mon Dieu ? Comment avait-il pu espérer tromper ce démon ? Il y avait eu du blasphème dans son geste. Oser se jouer de la radio ? C'était pure folie, et il risquait de le payer... de sa vie.

La mort ? Pour lui ? Mais non, ce n'était pas possible ! Il était tout simplement trop jeune, trop vigoureux, trop alerte enfin... Il revécut soudain son malaise du jour. Non, c'était la faute de la canicule. « C'est pas de ma faute à moi. » Cette expression enfantine lui revint, et il repensa d'un seul coup à sa propre jeunesse, à sa mère qui l'adulait et qui fermait les yeux sur toutes ses bêtises. Il lui suffisait pour se faire absoudre de murmurer d'une voix penaude : « C'est pas de ma faute à moi... », et sa maman fondait, émue par l'innocence feinte du garçonnet qui savait si bien profiter des failles pour pousser ses pions.

« C'est pas de ma faute », prononça-t-il dans le silence de la pièce, et sa voix chevrota légèrement sous la pression de l'angoisse. Mais nulle mère attentive ne vint lui pardonner. La radio avait émis sa sentence, et elle était sans appel.

Joseph s'assit sur le rebord du lit. La vérité, froide, glaciale, clinique, venait de lui apparaître pleinement.

Il avait piteusement raté son opération séduction, sa blague de potache, son bon coup de journaliste. Dès lors qu'il avait été cité, son destin était scellé, ses jours comptés.

Il était donc en danger. D'où surgirait la mort ? D'un verre d'eau empoisonné ? D'un rôdeur à cran d'arrêt ? A moins qu'une ombre ne vienne le faire basculer dans le vide. Il imagina sa chute du trentième étage. Cela devait être interminable. On avait le temps de faire le point, de se préparer au choc final, d'attendre l'impact... Mais non ! Il fallait lutter ! Seules les brebis lèchent la main du bourreau. Le dernier combat était engagé et il n'allait pas se laisser assassiner sans rien dire.

Soudain, il paniqua. Très vite, il inspecta chaque recoin de son appartement, ouvrit en grand les placards et réussit même à s'allonger par terre de tout son long, le nez dans la moquette, pour regarder sous son lit, tel un enfant en proie à des frayeurs nocturnes. Il n'y avait strictement personne. Mais avait-il fermé la porte en entrant ? Il l'avait sans doute claquée, mais avait-il bien tout cadenassé ? Il se rua dans l'entrée et verrouilla à double tour la lourde porte blindée. Il était provisoirement en sécurité. Son regard inquisiteur voltigea alors vers la fenêtre et il crut défaillir. L'assaut pouvait très bien venir du ciel. Rien n'empêchait un gymnaste expérimenté de se laisser tomber du trente et unième et de bondir dans la pièce en sautant par la fenêtre. L'acrobate tueur n'aurait plus qu'un geste à faire pour que le sang du vieil homme éclabousse les murs blancs.

Il devait absolument baisser les rideaux de fer. Chaque fenêtre était équipée d'une manette permettant de faire glisser un rideau hermétique, qui faisait usage de volet et pouvait aussi dissuader d'éventuels cambrioleurs alpinistes. Joseph tourna frénétiquement les manivelles. Le « satellite » fut vite plongé dans la nuit la plus totale, l'obscurité la plus opaque. Il alluma le plafonnier. Une lumière crue d'hôpital inonda la pièce immaculée et les murs laqués.

Il venait de transformer son studio panoramique en un cercueil hermétique, en un bunker de la troisième guerre. Car c'était bien une guerre qu'il allait mener. Un combat sans merci contre un ennemi d'autant plus redoutable qu'il était invisible. Mais une autre image vint rapidement se substituer à ce fantasme batailleur.

Joseph comprit alors qu'il se comportait en gibier et que les chasseurs embusqués n'avaient plus qu'à garder l'affût. Survienne la défaillance, ils seraient là, implacables et armés. La situation était donc désespérée. Sans issue. C'était la fin du voyage à soixante-trois ans. Il se prit la tête entre les mains et sentit les larmes envahir ses yeux. Depuis combien d'années n'avait il pas pleuré ? Sans retenue, il sanglota, tout seul sur son lit, et ses pleurs étaient entrecoupés de petits gémissements aigus.

Soudain, il dévoila son visage tourmenté et poussa un véritable cri de rage et de honte, qui vint s'écraser sur les murs lisses et les rideaux abaissés. Quel vieux déchet ! Comment pouvait-il souffrir sa propre lâcheté ? Il régressait et la comédie de l'enfance n'avait rien d'affriolant lorsqu'elle était caricaturée par un vieillard. Au lieu de se lamenter comme un galopin en faute, que ne prenait-il les armes ? Il fallait combattre l'adversaire, l'identifier et le mettre hors d'état de nuire. C'était une question de salubrité publique.

Il songea alors à un détail gênant. Il ne possédait aucun revolver. Difficile, dans ces conditions, d'anéantir le fléau. Qu'à cela ne tienne ! Il se débrouillerait avec les moyens du bord. Il ouvrit tous les tiroirs de la cuisine et opta finalement pour un petit couteau à pain, qu'il glissa dans sa ceinture comme s'il s'agissait d'un colt. Il patrouilla ainsi pendant quelques minutes de long en large, avec des airs de sentinelle aux aguets, puis il alluma la radio et se cala sur *R.F.M.* Il ne lui restait plus qu'à attendre l'assaut. Il s'assit par terre, recroquevillé contre son lit. Comme le manche de son couteau lui rentrait dans l'intestin, il le posa sur le sol, à portée de main. Le rock des années soixante-dix se déversait en toute quiétude dans le « satellite » en état de siège.

Il bascula sur le côté et son menton heurta durement le sol moquetté. Réveillé en sursaut par le choc, il ouvrit un œil vitreux et balaya du regard le « satellite » sarcophage. Le plafonnier arrosait toujours la pièce de sa lumière éblouissante. Sur *R.F.M.*, un débile léger faisait semblant d'être gai. Entre deux vannes pataudes, il donna l'heure, un peu par hasard : huit heures vingt-cinq du matin.

Joseph se redressa avec peine. Il était terriblement endolori. Son sommeil de guetteur foireux avait réveillé le lumbago. Il avait dans la bouche un mauvais goût de bile. Sa langue était sèche, blanche, chargée.

Il but à même le robinet de la salle de bains et en profita pour s'asperger le visage d'eau fraîche. Il régnait dans le studio une intolérable chaleur, rendue plus insupportable encore par la raréfaction de l'air.

Le vieil homme ressentit soudain une pénible douleur dans la poitrine. Le cœur lâchait-il ? Mais il dut se rendre à l'évidence. Il n'avait pour ainsi dire rien mangé depuis vingt-quatre heures et souffrait d'une crise d'hypoglycémie. Le garde-manger était désespérant. Pas une conserve à l'horizon. Même le paquet de biscottes au gluten était vide. Il le jeta d'un geste agacé.

Fallait-il être niais pour se barricader en oubliant de faire les courses ! En attendant, il ne lui restait plus qu'à tenter une sortie. Mais non ! C'était de la folie pure. Une véritable opération suicide. Frénétiquement, il fouilla dans la penderie et fit les poches de ses différentes vestes. Il finit enfin par dénicher ce qu'il cherchait : un vieux bout de sucre ramassé dans un bistrot, qu'il avait laissé traîner dans un manteau d'hiver.

Il le dégusta lentement, comme s'il s'agissait d'un mets délicat, et le laissa doucement fondre sur sa langue. Il avait donc un court répit. Mais que faire ? Comment fuir ? Où aller ?

Il pouvait toujours sauter sur sa Harley. Après, on avise-rait. Hélas ! La moto était toujours garée au Palais-Royal. L'avenir était donc bouché.

Les tueurs seraient toujours, à jamais, éternellement à ses basques. Mais oseraient-ils agir en dehors de la France ? L'idée était lumineuse. Il fallait partir sur-le-champ, quitter le pays au plus vite, prendre le premier avion pour on ne sait où, et ainsi échapper au meurtre organisé. Encore devrait-il parvenir jusqu'à un aéroport. Ce ne serait pas chose facile.

Il consulta fébrilement son répertoire et décrocha son télé-phone. La ligne n'était pas coupée, mais pouvait-on l'écou-ter ? Il était très facile d'installer une dérivation, et de l'espionner... de la cave, par exemple.

Une voix féminine répondit avec entrain :

— Agence Beaugrenelle, j'écoute.

— Nadia, bonjour, c'est Joseph Frey.

— Bonjour, monsieur Frey, comment allez-vous ?

— Je voudrais partir à l'étranger aujourd'hui même... me reposer, me détendre. Vous avez quelque chose de pratique ?

— Ça dépend de ce que vous cherchez : le soleil, la mer, l'escapade amoureuse...

Elle gloussa en experte. Ne l'avait-il pas aimablement dra-guée au début de l'hiver, sans d'ailleurs obtenir grand résul-tat ? Nadia était une jolie blondinette pimpante, à la langue déliée et au corps d'enfant potelé. L'agence Beaugrenelle organisait souvent les déplacements professionnels du galeriste, à Londres, Berlin-Ouest, ou même parfois New York. Mais c'était bien la première fois que Joseph réclamait de partir au hasard.

— J'espère qu'elle est jolie, au moins, lança Nadia sur un ton de reproche complice qui voulait dire : « Moi, hélas ! tu ne m'as jamais emmenée... » Mais le vieil homme n'était pas d'humeur badine. Il serrait si fort le combiné que ses phalanges en devinrent violacées. La sueur ruisselait sur son ventre, creusait des auréoles autour de ses aisselles.

— Vous avez quelque chose, oui ou non ?

Au bout du fil, la jeune secrétaire accusa le coup. Par un temps pareil, c'était bien dommage d'être si mal luné. Après tout, le vieux était peut-être dépressif. Elle prit un ton neutre et artificiel.

— Il faut que je fasse quelques recherches. Puis-je vous rappeler dans une quarantaine de minutes ?

— Oui... Non ! C'est moi qui vous rappellerai.

— Ça va, vous n'êtes pas malade au moins ?

— Merci, au revoir !

De quoi se mêlait-elle, cette greluche ? Il revit son minois boudeur, ses yeux gris en amande, ses formes de petite poupée à fossettes et ne fut pas ému.

Pourvu qu'elle trouve une destination...

Impulsivement, il attrapa une valise et commença à la bourrer de vêtements. Soudain il eut mal aux yeux. Abandonnant son bagage à moitié plein de chemises chiffonnées, il éteignit le plafonnier, plongeant la pièce dans un noir d'encre. A tâtons, il alluma la lampe du bureau et une lumière douce se répandit dans la pièce. Dans la foulée, il coupa *R.F.M.*, qui diffusait une chanson québécoise des années soixante-dix. Puis il s'assit sur une chaise, les bras ballants et la tête vide. Il avait mal au dos. Aiguë, lancinante, massive, la douleur lui fouaillait la colonne à l'exacte hauteur du plexus solaire. Il dut passer à la salle de bains pour prendre un décontractant musculaire dans l'armoire à pharmacie. Il était juste en train de déglutir quand le téléphone sonna. Laissant tomber son verre, qui se fracassa dans le lavabo, il bondit sur le combiné :

— Oui ?

— Je suis au cabinet du docteur Mériadec ?

— Non, c'est un faux numéro, monsieur.

— Excusez-moi.

Quelle plaie !

« Pauvres débiles incapables de composer correctement un numéro ! »

Du poing, il martela la table, ébranlant tout, jusqu'à la radio. Mais il s'interrompit net et fixa le plafond jusqu'à s'hypnotiser. S'agissait-il vraiment d'une erreur ? Mais non, c'étaient les tueurs. Il était repéré, coincé. Il respira profondément, mais ses poumons ne captèrent qu'un vieux reste d'air vicié. L'homme n'avait pourtant pas d'accent. De toute façon, ça ne voulait rien dire. Il rappela l'agence.

Nadia était nettement plus froide que tout à l'heure. On pouvait finalement l'expédier en Tchécoslovaquie dans un hôtel de bonne catégorie pour un prix modique incluant l'avion. Il devait venir tout de suite chercher son dossier. Prague, il connaissait ?

Joseph n'hésita qu'une fraction de secondes. Prague... le rideau de fer... la ligne Oder-Neisse. Dans le fond, c'était une idée géniale. Jamais les tueurs n'oseraient accomplir leur forfait dans une dictature de l'Est. Il fut alors fugitivement envahi par un sentiment d'ironie. C'était bien la première fois qu'un fugitif traqué tentait d'échapper à ses tueurs en utilisant les services d'une banale agence de voyages. Joseph venait d'inventer la fuite beauf.

Quoi qu'il en soit, il était maintenant au pied du mur. Il devait tenter une sortie, ne serait-ce que pour manger, car une faim d'enfer lui tenaillait les tripes.

N'écoutant que son courage, qui bien sûr ne lui disait rien, il glissa le couteau à pain dans son pantalon, en prenant soin d'en bien dissimuler le manche sous son tee-shirt. Après avoir pris son carnet de chèques et son passeport, il se résolut à sortir, non sans avoir auparavant rallumé la radio. L'ennemi croirait peut-être ainsi qu'il était toujours dans la place. Il prit aussi sa canne. Le cas échéant, elle pouvait toujours servir de gourdin.

Il ouvrit lentement la porte. Le palier était plongé dans l'obscurité. Lorsqu'il eut refermé derrière lui, le noir absolu l'affola tout de suite. Il bondit jusqu'à la minuterie et alluma. Il allait appuyer sur le bouton de l'ascenseur, mais se ravisa à temps. Inutile de signaler sa présence. Tout au bout du couloir, il y avait une grosse porte coupe-feu qui menait à un interminable escalier de service. Il le prit sans hésiter et descendit ainsi à pied depuis le trentième étage. La cage était éclairée par de tristes loupiotes de néon. Il y avait parfois des grafittis sur les murs : « Léa, je t'aime », ou « Léa suce bien », et encore « Léa suce Bob ». Parfois, il s'arrêtait pour reprendre son souffle et tentait de percer le silence, afin de vérifier qu'aucune ombre n'avait calqué son pas sur le sien. A force de descendre, il finit par avoir de nouveau mal à la jambe droite. Heureusement qu'il avait pris sa canne ! La descente sembla durer une année entière.

Il parvint enfin au rez-de-chaussée et atterrit dans un local technique, tout contre les vide-ordures. Lentement, il poussa la porte qui donnait sur l'entrée de l'immeuble. Il ne vit qu'une dame escortée d'une petite fille. La voie était libre. Il s'engagea jusqu'à la porte vitrée de la rue Robert-de-Flers. Oserait-il enfin sortir et affronter le monde ? La canne légèrement relevée, il franchit le seuil et se figea immédiatement. A quelques pas, une poubelle renversée répandait une odeur de poireau. Sur l'autre trottoir, une femme noire poussait un landau. Il la fixa avec insistance. Elle s'éloigna d'un pas traînant, presque endormi, sans même le remarquer, et tourna placidement dans la rue du Théâtre. Une sentinelle, peut-être. Il tourna le visage vers la gauche et faillit faire un bond d'horreur. Un colosse en complet-veston fonçait droit sur lui. Joseph poussa un cri inarticulé qui se répercuta sous la voûte de béton et brandit sa canne comme s'il s'agissait d'une matraque. L'autre s'arrêta net et fronça les sourcils. C'était un grand monsieur grisonnant qui arborait au revers du veston une discrète rosette. Les deux hommes s'observèrent un instant, comme deux boxeurs avant le round. C'est du moins l'impression qu'eut Joseph. Il était littéralement statufié dans une position de samouraï à l'attaque. L'homme semblait ne rien comprendre à la situation. Pourquoi cette personne âgée s'en prenait-elle à lui ? Il esquissa un sourire poli et indiqua la porte d'un geste :

— J'aimerais entrer dans l'immeuble, s'il vous plaît. Interdit, Joseph se déplaça souplement sur sa droite. Le monsieur grisonnant passa sans demander son reste et referma vivement la porte vitrée qui donnait accès aux ascenseurs. Une fausse alerte ? Peut-être, mais aucune hypothèse n'était à exclure.

Joseph consentit à s'éloigner. Il sentait contre sa cuisse la rassurante lame du couteau à pain. D'un pas lent de G.I. en plein enfer vietnamien, il partit vers la rue Linois, le métro Charles-Michels, et la lumière du jour. La rue Robert-de-Flers était parallèle au quai. Elle était aussi entièrement couverte. En somme, il s'agissait d'un large tunnel, où la circulation était généralement rare. Il croisa deux Arabes en pleine conversation. L'un d'eux portait un bonnet de sports d'hiver avec un pompon. Il stoppa de nouveau et les surveilla jusqu'à ce qu'ils eussent tourné rue Caillavet en direction de la Seine. Une femme débraillée qui traînait un lourd cabas voulut le dépasser. Mais il avait senti le danger. Rapide comme la foudre, il fit volte-face et lui présenta ses crocs, ses yeux exorbités, et sa canne levée comme pour frapper. De frayeur, elle fit tomber son sac, et les courses de midi s'éparpillèrent sur le bitume. Les lampadaires orangés donnaient à la scène un aspect fantomatique. D'autant que Joseph ne fit aucun geste pour aider la ménagère à genoux. Il s'éloigna bien au contraire à reculons, pour ne pas être poignardé en traître.

Il finit par atteindre la rue Linois et tourna à gauche. Ce fut épouvantable. Il y avait des gens partout. Dès lors Joseph ne sut plus que faire. Fou de peur, il tournait sur lui-même comme un derviche. On commença à l'observer avec inquiétude et méfiance. Un petit enfant interrogea son père d'une voix sonore :

— Papa, il danse, le monsieur ?

D'un seul coup, Joseph se sentit ridicule. Il devait probablement passer pour un déséquilibré qui sautillait tout seul au milieu des rues. Il faillit alors relâcher son attention, mais se reprit très vite. Non, il ne devait pas céder. La Bête pouvait frapper à tout moment.

Le seul moyen d'échapper à l'assaut, c'était... la mobilité. Le vieil homme se mit à courir aussi vite qu'il put. Mais sa jambe le faisait tellement souffrir qu'il transforma bien vite son galop en un trot poussif et boiteux.

L'agence Beaugrenelle était une minuscule échoppe, couverte de placards publicitaires et de promotions diverses pour des séjours club. Un grand bureau métallique et sans style occupait l'essentiel de la très petite pièce. Nadia y trônait sereinement. Ses cheveux agités par un ventilateur voletaient autour de son visage d'enfant maquillé. Elle devait avoir vingt-cinq ans, mais on lui en donnait dix-sept ou dix-huit. Elle accueillit le vieil homme avec un franc sourire et mit sa nervosité sur le compte de l'extrême fatigue qui précède souvent les vacances. Elle voulut par courtoisie l'entraîner dans un échange sur la chaleur ambiante et sur l'été néanmoins pourri. Mais Joseph ne l'écoutait pas. Refusant de s'asseoir, il ne cessait de surveiller le va-et-vient des passants à travers la vitrine.

Haussant les épaules, Nadia prépara son dossier. La belle affaire si le vieux était mal luné.

— Pour le visa, vous devrez faire la queue à l'aéroport de Prague. Vous savez, la Tchécoslovaquie, c'est quand même un pays de l'Est !

Elle s'interrompit brusquement. Joseph s'était penché en avant pour mieux surveiller un couple et elle avait pu apercevoir le manche rouge du couteau à pain. Elle fronça les sourcils et s'abstint de tout commentaire, en priant intérieurement pour que le vieux fou ne fasse pas de crise, ne s'en prenne pas à elle. Elle eut tôt fait de l'expédier :

— Voici donc votre billet, et votre réservation d'hôtel. L'enregistrement des bagages a lieu à quinze heures. Bon voyage, et reposez-vous bien !

Un coup de téléphone providentiel l'aida à en finir avec l'inquiétant client. Feignant de ne plus s'occuper de lui, elle s'absorba littéralement dans la conversation, non sans surveiller du coin de l'œil le galeriste, qui avait l'air d'attendre le moment propice pour quitter la boutique. Quand effectivement le flot des passants se raréfia légèrement, il se jeta hors de l'agence et partit en courant vers son appartement.

Mais il avait faim. Une faim omniprésente, obsessionnelle, maladive, un peu comme une démangeaison ou une rage de dents. Il finit par entrer dans une boulangerie où il acheta trois éclairs au café, en surveillant attentivement les gestes de la jeune vendeuse. Elle pouvait être du complot et tenter de lui fourguer des pâtisseries empoisonnées. La pauvre fille avait pourtant l'air bien innocent, pour ne pas dire plus. Avec sa blouse rose ridicule, et les boutons d'acné qui parsemaient son visage de campagnarde, elle ne semblait guère dangereuse. Joseph décida de courir le risque. Il les mangerait, ces éclairs ! Mais pas avant d'avoir regagné l'abri du « satellite ».

Il reprit son *jogging* poussif et arriva bientôt en bas de chez lui. Que faire ? Il n'allait quand même pas grimper trente étages à pieds. Par chance, l'ascenseur était libre. Il se laissa donc déposer sans encombre sur son palier. A peine la porte du trentième eut-elle coulissé qu'il se rua comme un forcené vers son appartement. La meilleure défense n'était-elle pas l'attaque?

La porte n'avait pas été forcée. Il se calfeutra avec soin et reprit enfin son souffle, ce qui lui permit de prendre conscience de l'intolérable chaleur qui régnait chez lui. Mais il ne pouvait pas décemment ouvrir les fenêtres. Nul n'était à l'abri d'un tireur d'élite. D'une tour à l'autre, c'était la mort anonyme. Le voyage aller sans rémission. Pas de ça chez lui! Joseph voulait d'abord se battre. Qu'ils viennent donc se frotter à sa canne!

En attendant l'hallali qui ne venait toujours pas, il s'empiffra silencieusement d'éclairs, sans même prendre la peine de s'asseoir à une table. La radio était toujours allumée, mais il ne l'entendait plus. Tout son être était arc-bouté par la peur. Jamais Joseph n'avait ressenti une telle urgence. Il ne savait dire pourquoi, mais il lui semblait que l'étau se resserrait insensiblement. Il était condamné. Mais il allait lutter jusqu'au bout et écrabouiller l'invisible.

Arriva l'heure de mettre le cap sur Orly. Sachant que la moto était indisponible, il en était réduit au taxi. Un moyen de transport terriblement dangereux. Surtout si le chauffeur faisait partie de la conspiration. Joseph se tritura les méninges dans la pénombre pour trouver une solution. Puis il décrocha son téléphone. Bien qu'il habitât au 18, rue Robert-de-Flers, il commanda une voiture au 30. L'opératrice lui annonça que son taxi arriverait dans dix minutes.

Il attrapa aussitôt son sac et quitta précipitamment l'appartement en laissant lumières et radio allumées. Il faillit se ruer une nouvelle fois dans l'ascenseur, mais opta encore pour l'escalier. Lorsqu'il parvint au deuxième, il interrompit sa descente claudicante et repassa sur le palier, qui s'ouvrait sur de grandes terrasses.

Il trottina ainsi de jardin en jardin jusqu'à la tour qui correspondait enfin au 30. C'était un immeuble beaucoup plus luxueux que le sien, avec entrée en marbre de Carrare et gardiens stylés. Par chance, Joseph les connaissait tous. Ils ne s'étonnèrent qu'à moitié de voir débouler un citoyen d'une autre tour.

Joseph déboucha sur le trottoir à l'instant même où le taxi arrivait. Un drôle de bahut cabossé, conduit par un chauffeur islamiste, branché en permanence sur une station arabe qui retransmettait un programme religieux depuis La Mecque. Le trajet vers Orly se fit donc au son de la voix des imams et des mélodieuses psalmodies du Coran. Mais l'homme traqué ne se sentait aucune fibre religieuse. Il épiait les voitures d'un œil de lynx et guettait alentour la moindre bizarrerie. Une grosse berline noire parvint à leur hauteur. Joseph la fixa avec horreur. Les vitres fumées empêchaient de voir les passagers. Soudain la vitre de la porte arrière gauche s'ouvrit imperceptiblement. C'était encore le cauchemar de Nanterre ! Les tueurs allaient frapper. Joseph se coucha de tout son long sur le siège, espérant ainsi échapper à la canonnade. Mais rien ne vint, si ce n'est que le chauffeur fort surpris décida de couper le Coran :

— Vous êtes malade, monsieur ?

— Ça va, ça va...

Une main de femme pendait à la fenêtre de la berline. D'un doigt délicat, elle chassait les cendres d'une cigarette.

Joseph serra les dents et se tint coi. Il fallait maintenant affronter la cohue de l'aérogare. Il était si facile de poignarder quelqu'un dans une foule en feignant de le bousculer. Une douleur atroce lui cisailla alors le dos. Pendant quelques secondes, il ne pensa plus. Le mal sembla s'amoindrir, et le vieil homme épuisé songea que ces crises aiguës étaient de plus en plus fréquentes. Que n'avait-il obéi aux injonctions de Marianne en restant sagement couché les trois quarts du temps...

A Orly Sud, Joseph se retrouva happé par une foule d'Algériens qui filaient on ne sait où. Il eut le plus grand mal à se frayer un chemin jusqu'aux comptoirs de C.S.A., la ligne aérienne de la République populaire de Tchécoslovaquie. Il ne lui arriva rien.

Prague, ville crucifiée aux palais noircis de crasse... Églises reconverties en salles de gymnastique, odeurs de baskets, de latrines, de vomi... Une vieille femme fagotée dans une robe à fleurs en acrylique marchande un kilo de pommes golden à un vendeur gitan... Les soldats russes en permission, reconnaissables à leurs calots ornés d'une étoile rouge et à leurs crins blonds plantés sur une peau rosâtre, passent et repassent dans les ruelles tortueuses qu'éventrent les marteaux piqueurs... Le Moyen Age au rabais, dénaturé par le grondement des Skoda qui ébranlent les maisons du XIIIe aux vitres cassées, des Trabant pétaradantes et minuscules qui dégorgent en permanence d'épaisses volutes de fumée brune... et au beau milieu du chaos urbain, de jeunes Tchèques en pantalon jaune s'embrassent dans la puanteur, oublieux des Soviétiques, du rideau de fer, du régime de Gustav Husak et du monde entier...

Au bout des ruelles, là-bas, tout près du quai et de la Moldau que longent les camions, entre rues sinistres au linge pendant et avenues populeuses fendues par les tramways, Joseph finit par découvrir le cimetière juif. Longtemps, il farfouilla dans l'entrelacs des mausolées et tenta de déchiffrer les inscriptions hors d'âge. Il s'attarda sur le tombeau du Maharal de Prague, inventeur supposé du Golem, ce mort-vivant inventé par les cabalistes désireux d'égaler Dieu. Le Golem... Une créature entre terre et enfer. Un hybride. Un intermédiaire. Joseph ne pouvait détacher ses yeux de la tombe couverte de petits cailloux posés çà et là par les visiteurs juifs. Au fond, le message du Rabbi Loew le touchait de plein fouet. N'avait-il pas lui aussi arpenté la frontière incertaine ? 107,8 était peut-être un de ces Golems qui hésitent sans cesse entre vie et mort. Il y avait là une piste. Qui aurait pu dire la valeur numérique de la fréquence assassine ?

Le ciel était blanc comme de la crème liquide, et de l'azur brûlant jaillissaient parfois d'énormes essaims de guêpes qui fondaient sur les arbres et venaient tarauder les passants, devenus pierres immobiles. Car le seul moyen d'éviter la morsure, c'était de se statufier pour que les guêpes n'aient pas peur et ne piquent point.

Joseph était vêtu d'une très simple chemisette beige et d'un sage pantalon noir. Il s'était jusqu'ici fondu dans la foule mêlée des touristes de toutes nationalités, mais n'avait pu résister à l'envie de faire bande à part pour fuir tous ces militants communistes qui visitaient Prague comme les Chrétiens vont au Golgotha ou les Ahmaddyah à Srinagar.

Derrière les hauts murs du cimetière, il n'y avait pour ainsi dire personne. On pouvait donc goûter une paix relative, à peine troublée par la lointaine rumeur de la ville. Qui aurait eu l'idée de visiter un cimetière juif à Prague ? C'était pourtant l'un des plus beaux, l'un des plus émouvants d'Europe. Il datait du XVe siècle et figurait dans tous les guides touristiques. Mais les autorités n'encourageaient guère la visite. Mieux valait selon elles découvrir le palais gouvernemental ou les grands magasins populaires, vitrines mirifiques du paradis socialiste : Maj, Kotva.

Sous l'effet de l'extrême chaleur, les arbres commençaient déjà à perdre leurs feuilles. Le cimetière était donc tout entier voué à un automne précoce, à la décrépitude. Joseph y baignait pour l'heure dans la paix. Ses pieds foulaient avec délice un mélancolique tapis de feuilles craquelées. Tout autour régnait l'incroyable fouillis des tombes juives, entassées les unes sur les autres ou posées de guingois selon un ordonnancement secret et torturé.

Depuis vingt-quatre heures, le vieil homme n'avait pas eu un seul instant de répit. Sans jamais reprendre haleine, il avait fui comme une bête traquée, et n'avait commencé à souffler qu'après avoir passé les contrôles tatillons des autorités tchèques. Il avait ensuite pris une chambre simple et sans intérêt à l'hôtel Panorama, un énorme bunker disgracieux dans lequel on parquait les Occidentaux. Maintenant, il se promenait dans Prague comme dans une zone libérée. Il s'était persuadé dans l'avion que la radio n'avait pas assez d'entregent pour le traquer jusque dans le bloc communiste, et il se sentait finalement en sécurité. Il en avait de la chance : l'armée Rouge le protégeait !

Il était libre. Libre enfin de penser sereinement. Libre d'essayer de répondre à la question des questions, l'ultime interrogation, qui pouvait l'anéantir ou bien l'absoudre : qui, et pourquoi ?

Il se laissa tomber sur un banc qui semblait creusé à même la pierre des tombes et s'absorba dans de sombres pensées. Un vent chaud commençait à souffler. Un peu de poussière blanche s'éleva dans l'atmosphère. Joseph n'était plus que fatigue, épuisement, lassitude. Un nuage de guêpes passa en vrombissant, mais il ne s'en aperçut même pas. A l'autre bout du labyrinthe, un gros touriste en short apparut, solitaire, un appareil photo autour du cou. Il régla son objectif et mitrailla les tombes en prenant des poses cambrées de grand artiste cherchant l'angle. Il avait sur la tête une casquette Ricard. Sans doute un Français.

Aucune thèse n'avait en tout cas tenu la route. Il ne s'agissait ni d'une simple radio libre, ni d'une officine de renseignements étrangère, ni d'une machination pour éliminer Pascal Sublime.

Rien n'avait vraiment de sens. Où était la solution? Se cachait-elle ici, dans l'évidence d'un signe, d'une tombe orientée?

Une guêpe se posa sur son nez. Il connaissait la marche à suivre : surtout, ne pas bouger et attendre sagement que l'animal se lasse. Lorsque l'insecte eut enfin rejoint son essaim, qui tournoyait au beau milieu des tombes, Joseph se décida à rentrer doucement.

Il eut alors envie de contempler la Moldau, cet immense fleuve large comme trois Seine, qui baignait Prague et gelait chaque hiver. Par chance, le cimetière n'en était qu'à quelques mètres. Perdu dans ses pensées, il traversa le quai en profitant d'une accalmie dans le flot continu des voitures.

A l'instant précis où son pied foulait la rainure des tramways, au beau milieu de l'artère, un puissant coup de klaxon le tira de sa rêverie. Jailli d'une rue adjacente, un énorme camion lancé à grande vitesse fonçait droit sur lui. A peine Joseph eut-il entrevu le danger que le monstre était déjà là, sirène hurlante. Il accomplit alors un exploit dont il se croyait incapable. En dépit de sa hernie, de son lumbago, de son âge et de sa jambe malade, il sauta en avant et effectua un véritable roulé-boulé qui l'envoya valdinguer contre le trottoir opposé. Son épaule heurta durement la chaussée, mais il était sauvé. Un Chinois vint à son secours et l'aida tant bien que mal à se relever. Il n'avait dû son salut qu'à un véritable miracle du corps, un sursaut ultime qui l'avait protégé d'une mort certaine. L'œil vitreux de panique, il chercha du regard le camion fautif... mais il avait disparu! Disparu comme un coupable! Comme un tueur ayant raté son contrat! Joseph repensa aux lointaines paroles de Jacques Tazartès : « Il s'agit peut-être d'un service secret étranger. » Étranger, donc communiste? En venant à Prague, s'était-il jeté dans la gueule du loup? Et ce Chinois, qui lui demandait en anglais s'il n'avait besoin de rien, faisait-il partie lui aussi des assaillants? Il lui rapporta obligeamment sa canne qui traînait au beau milieu du boulevard. Joseph marmonna un vague *thank you* et s'éloigna vivement le long du fleuve. Il lui fallait à tout prix rentrer à l'hôtel.

Il grimpa dans un taxi, et, pendant tout le trajet, fixa la nuque épaisse du chauffeur. Ses doigts serraient si fort la canne qu'il en eut mal aux phalanges...

Du billet de cent francs elle fit une paille, puis se pencha sur le rail. En un balayage vif et précis, elle sniffa toute l'héroïne, sans en perdre une miette. Lorsqu'elle eut atteint les sommets cotonneux, elle alluma machinalement la radio et tomba sur un drôle de programme ennuyeux. C'était une voix à l'accent étranger qui donnait une liste de noms. Elle n'avait plus la force de tourner le bouton et laissa l'émission emplir la pièce.

Soudain, elle tomba de sa chaise et roula sous la table où elle resta prostrée, béate, protégée des atteintes du monde. Quelqu'un changea de fréquence. Les Damned saturèrent l'atmosphère, violence contrôlée, blême, amplis poussés à fond et morceaux très courts, brutalement achevés en plein milieu d'un riff, comme des points d'interrogation, des questions sans réponses... Deux hommes se mirent à gigoter en rythme, bousculant tout sur leur passage, renversant ce qui tenait encore debout, se donnant des coups de bourre, des coups de boule, des coups de poing.

Un petit bonhomme nerveux aux cheveux roses dressés en étoile de mer furetait dans la bibliothèque. Il extrayait un volume de poésies de Lautréamont, qu'il feuilleta vaguement, avant d'en brûler certaines pages au moyen d'un briquet. Satisfait de son sabotage clandestin, le censeur improvisé remit l'ouvrage en place et s'attaqua à Montaigne, dont il brûla d'autorité la page cent deux. Pourquoi la page cent eux ? L'étoile de mer n'aurait peut-être pas su répondre. La flamme du briquet créait parfois de fugitives ombres chinoises sur les murs blancs.

Couché sur le grand lit, un couple flirtait. La main de l'homme avait soulevé le tee-shirt de la fille et il malaxait ses seins menus tout en lui roulant un patin. Il finit par dégrafer les premiers boutons de son jean, et insinua toute sa main dans sa petite culotte. Elle se laissa faire avec une moue d'ennui, comme si ce slip et ce qu'il y avait à l'intérieur ne la concernaient pas. Puis elle reprit son long baiser, avec une application d'élève studieuse en train d'apprendre, par exemple, le violon. Elle devait avoir seize ans et elle était jolie. Son partenaire était plus âgé qu'elle. Grand, baraqué, un peu boutonneux, il portait une tenue paramilitaire : rangers, pantalon et chemise kakis, cheveux blonds très courts avec une longue mèche bleue.

Une grosse fille en minijupe de cuir s'affairait dans la cuisine. Consciencieusement, elle vidait les placards dans un grand bruit d'assiettes brisées et de casseroles cabossées. Par jeu, elle mit une poêle vide sur la gazinière et alluma le feu. Puis elle laissa tout en plan, quitta la cuisine dévastée et se laissa tomber sur le lit où elle se retrouva collée au couple. Elle essaya de caresser la fille, mais n'obtint aucun succès. Somnolente, elle finit par contempler le plafond immaculé, indifférente aux ébats tout proches qui ébranlaient le lit. C'était la muse de Sublime, l'égérie des Tampax, la négociatrice de l'Alma. Elle n'avait pas changé de style. Toujours ces collants noirs et brillants qui boudinaient des jambes épaisses que la cellulite minait déjà.

Décidément, le vieillard avait un bel appartement, mais quel dommage qu'il fût si petit. Il eût été plus agréable de saccager un sept pièces et de profiter par exemple d'une grande terrasse, pour mieux précipiter les meubles par la fenêtre. Un sourire illumina son visage et lui donna fugitivement l'air d'un ange obèse.

Elle se leva en bousculant le couple et prit une chaise, qu'elle balança directement dans le vide depuis le trentième étage. Excitée comme une enfant, elle se pencha pour admirer son œuvre destructrice, mais fut horriblement déçue. La chaise avait tout simplement atterri sur un parterre de fleurs du deuxième. Ce n'était pas assez spectaculaire. Elle se lassa. Une odeur de chaud envahit progressivement le « satellite ». La poêle vide était en effet restée sur le feu. Elle s'en saisit et s'amusa à la plaquer contre les murs à différents endroits. Elle avait ainsi l'impression de marquer le studio au fer rouge. La poêle brûlante dessinait des demis-cercles marronnasses. C'était aussi beau qu'une arabesque de Tampax.

Un Molière à la main, l'étoile de mer s'approcha de la gazinière et contempla le feu toujours allumé. Par jeu, il y posa le livre. Que donnerait une comédie brûlée ? Une flamme claire et limpide s'éleva bientôt. Elle se communiqua très vite à un jeu de torchons et commença à lécher les placards.

Le jeune couple enlacé vint admirer le brasier naissant :

— Ça crame...

Et c'était vrai. L'incendie s'emparait de la cuisine. L'étoile de mer préféra lever le camp sans demander son reste. La grosse muse le suivit et éclata de rire dans l'escalier. Mais les deux amants restaient sur le seuil de la cuisine, contemplant le carnage avec un sourire ému. Le grand blond fit alors pivoter la très jeune fille et, d'une ferme pression de la main sur l'épaule, la contraignit à se mettre à genoux. Elle obéit de bonne grâce. Elle faisait penser à un chevalier attendant l'onction d'un roi. Posément, l'homme sortit son sexe érigé et l'enfourna dans la bouche juvénile déjà entrouverte. La fille pompa, tandis que le feu crépitait, envoyant alentour des gerbes d'étincelles et des lambeaux de cendre. Avant de lever le camp, le blond boutonneux piqua la radio. L'appartement de Joseph n'était plus qu'une torche. Personne n'avait encore appelé les pompiers.

La femme de chambre était si effrayée qu'elle faillit en lâcher le plateau-repas. Elle le posa trop violemment et heurta la table basse, dans un grand bruit de vaisselle entrechoquée. Elle se mordit la lèvre inférieure et bafouilla une vague excuse en un allemand défaillant. Que lui arrivait-il, à ce touriste esseulé ? Était-il devenu sénile ?

Joseph se terrait dans sa chambre aux rideaux tirés. Il refusait obstinément de sortir et prenait tous ses repas dans la solitude de la réclusion. Il avait en outre omis d'allumer la lumière. Tout était plongé dans l'obscurité. Sans compter qu'il avait accueilli la soubrette en brandissant sa canne. Un tableau pour le moins terrifiant.

La plantureuse fille s'était bien vite enfuie, abandonnant le vieillard à son étouffement solitaire et à sa nuit perpétuelle.

Joseph resta donc seul dans le silence absurde de cette chambre de Prague, barricadé dans l'attente d'un nouvel assaut mortel.

Il voulut grignoter un peu de charcuterie, mais ne put ingurgiter le moindre morceau de mortadelle. Il se contenta de vin et but à jeun, pour se saoûler. Il ne s'agissait malheureusement que d'un jus de raisin à peine fermenté. L'ivresse ne risquait pas de poindre.

D'un geste machinal, il alluma la télé et subit sans le voir un documentaire de propagande sur les miracles de l'agriculture en Hongrie. On y voyait des moissonneuses-batteuses, des enfants aux joues pleines et roses, des adultes bronzés qui dansaient en s'envoyant des bottes de foin et un sympathique jeune cadre en chemisette et cravate qui expliquait, en hongrois sous-titré en tchèque, un graphique sur lequel une courbe grimpait vers le plafond. Le commentaire était dit d'une voix curieusement neutre et aseptisée...

Alors, il comprit.

Il se leva d'un bond.

L'espace d'une seconde, il resta, vacillant, dans la pénombre.

Il marcha vers la fenêtre, tira d'un geste sec les lourds rideaux de velours grenat et ouvrit en grand.

Il se pencha comme un vulgaire touriste désireux d'admirer l'autoroute qui passait en contrebas, la voie ferrée au loin, et, tout autour, les H.L.M. aux murs verts.

Il ne regardait rien, car ses yeux étaient clos.

Il attendait seulement la balle du tireur et s'offrait en holocauste.

Car il savait maintenant d'où venait 107,8, et qui en étaient les commanditaires. La vérité avait fondu sur lui comme une giboulée de plomb. En un bref instant de fulgurance, elle avait fracassé ses certitudes et réduit ses espoirs à néant. Comment échapper à l'inexorable fuite du temps, à la spirale qui l'attirait toujours plus loin vers ce monde incertain où rien n'avait plus d'importance, où l'or valait autant que le plomb? «Radio libre», disaient-ils... Mais la seule liberté qu'accordait l'onde inconnue était celle de la mort, affranchissement des liens, ultime plongée dans le silence.

Pour la première fois depuis des semaines, Joseph se sentit calme. Son corps perclus de douleur, il ne le sentait plus. Mieux : il n'en avait cure. Le vieil homme s'était souvent demandé ce que pouvait éprouver un homme qui apprenait la date de sa mort. Ses cheveux blanchissaient-ils en une nuit ? Préférait-il se suicider plutôt que d'attendre la minute ultime ? Ou bien fuyait-il jusqu'au fin fond de Prague ?

Maintenant, il n'ignorait plus rien du compte à rebours : d'abord la peur indomptable et la bouche tordue d'horreur ; puis une zone de calme, qui n'avait rien à voir avec la résignation ; plutôt un appel venu de très loin, un courant d'air lointain, un refrain ancestral apporté par le vent ; enfin, une soudaine et profonde sérénité, semblable à l'accalmie qui précède la tempête. L'œil du cyclone.

Pourquoi la mort se donnait-elle le mal d'avertir scs victimes ? Était-ce l'ultime raffinement d'un Dieu cruel, ou l'infinie mansuétude d'un Père désireux de prévenir ses enfants les plus éveillés du sort qui les attendait ?

MARDI 29 JUILLET

Le tramway passa dans un roulement de tonnerre. La rue sembla se disloquer. Joseph crut même un instant que les immeubles noirs vacillaient sur pied. Mais la vie continua, indifférente à l'orage mécanique.

Tout autour du vieil homme s'étendaient de larges avenues modernes, flanquées de grands buildings récents que nul n'avait jamais songé à entretenir. Les poutrelles de métal étaient donc rouillées, tandis que les façades de béton présentaient parfois un curieux aspect de gruyère rongé.

Il n'avait plus peur. Depuis l'aube, il sillonnait la ville en toute quiétude et n'attendait que le coup qui allait certainement venir le frapper. Il avait d'abord arpenté la vieille ville et admiré au passage les maisons moyenâgeuses, les églises baroques ou romanes, les ruelles ombrageuses où se déployait parfois un arbre centenaire. Mais il en eut bien vite assez de la beauté médiévale et des touristes vautours qui mitraillaient les Tchèques à coups d'Instamatic. L'idée avait germé en lui d'aller se promener dans la ville moderne, celle qui n'intéressait personne, la face cachée de Prague, la laideur des pays de l'Est. Le quartier neuf se nommait « Stare Mesto ». C'était un sinistre alignement de façades ingrates où tout se ressemblait et s'anéantissait dans la médiocrité. Il le parcourut de long en large.

Plus tard, il eut faim et décida de déjeuner sur le pouce à la frontière du beau et du laid, dans le très réputé Café Mozart, situé à l'une des portes de l'ancienne cité. Pouvait-on imaginer lieu plus improbable ? Le Mozart était une véritable erreur de la nature. La décoration très chargée y était pour beaucoup. D'invraisemblables dorures de style viennois y voisinaient sans remords avec de sinistres lustres modernes, achetés dans quelque usine socialiste du Kazakhstan. On aurait dit un gros gâteau surmonté de barbelés. A une grande table ronde, des diplomates bulgares sablaient le champagne en poussant des hauts cris. Debout au milieu des convives, un militaire obèse bardé de médailles donnait le « la » et lançait les toasts d'une voix rocailleuse. Seul à l'écart, Joseph mâchouillait sans conviction un sandwich aux crudités.

Un vieillard vêtu d'une queue de pie traversa la vaste salle à moitié remplie et se posta près d'un piano dont nul ne jouait. Il tenait un violon et le miracle se produisit, coulée de miel au milieu des lambris. L'homme jouait un air tzigane à la funèbre lenteur. L'air sembla se figer, tandis que le cœur du galeriste cognait convulsivement dans sa maigre poitrine. Des épines lui picotaient les côtes, mais il ne les sentait plus. Littéralement emporté par la musique, il vivait la mélopée au plus profond de l'âme, souhaitant par-dessus tout que le loufiat n'interrompît jamais sa divine litanie. La plainte du violon, son crincrin légèrement faux se répercutaient dans les hauts plafonds du magnifique café, avant de mourir par terre dans la sciure, comme des sanglots d'ennui.

La musique s'arrêta, et quelques applaudissement clapotèrent. On aurait dit des bulles d'air en train de crever la surface d'un étang. Impassible, le vieux serveur retourna dans la coulisse. Il réapparut quelques instants plus tard, un plateau à la main.

C'est alors que Joseph vit l'homme.

Immédiatement, une vague de soulagement l'étreignit.

Enfin, le terme ! C'était un individu jeune. Il était vêtu d'un sobre complet-veston et portait de petites lunettes noires toutes rondes. Il était comme statufié, mais Joseph savait bien qu'il ne le quittait pas des yeux.

« Très bien, pensa le vieil homme. C'est l'heure de la dernière promenade. »

Il se leva péniblement en s'aidant de sa canne. Il devait raidir en permanence son dos pour tenter d'échapper à la douleur.

Au moment de quitter le café, quand la fournaise le happa de nouveau, il eut fugitivement peur, mais chassa bien vite la pensée parasite. Il voulait revoir la Moldau.

D'un bon pas, il traversa la ville neuve. Parfois, en se retournant, il apercevait l'homme aux lunettes noires, qui le suivait à distance. Alors il haussait les épaules avec fatalisme et poursuivait son chemin. Le dernier. Il longea l'opéra sans le voir et atteignit finalement le fleuve.

Il n'avait que le choix des ponts. A droite, le célèbre pont Charles et la foule des touristes progressant vers le palais royal, qui dominait Prague de l'autre rive. A gauche, le pont des Gladiateurs, un édifice moderne qui rappelait un peu le pont Mirabeau et qui n'intéressait personne.

Joseph n'hésita pas une seconde. L'homme s'était considérablement rapproché. Il s'apprêtait déjà à traverser le quai. Joseph s'avança jusqu'au milieu du pont des Gladiateurs et attendit sagement le meurtre, en regardant le fleuve opaque et limoneux, les eaux boueuses qu'agitait un courant permanent.

Il tourna la tête et vit l'assaillant qui se dirigeait droit sur lui, du pas calme et régulier d'un homme d'affaires filant à un rendez-vous.

Une étrange tempête se leva alors brusquement sous son crâne. Un flot de sueur inonda son dos. La peur planta ses griffes dans sa chair et il se raidit imperceptiblement. Le mouton ne voulait plus aller à l'abattoir. L'homme n'était qu'à dix mètres de lui. Cinq. Quatre... Lorsqu'il parvint à sa hauteur, Joseph sentit sur son flanc un imperceptible frôlement. Ce simple attouchement généra en lui une peur panique. Il ne contrôlait plus rien et saisit son bourreau par le revers du veston. L'autre fut extrêmement surpris et n'eut pas le temps de réagir. Déjà, Joseph le plaquait contre la rembarde et lui saisissait les jambes pour le faire basculer dans le vide. Le vieil homme n'existait plus. A sa place, un dément se débattait dans des filets élastiques qui l'étouffaient. La canne tomba à terre. Toujours adossé au rebord, l'inconnu réussit à la saisir et frappa violemment la tête du vieil homme avec le pommeau. Une crevasse rougeâtre s'ouvrit au milieu des cheveux blancs. Joseph ne sentit rien. Ses yeux ne voyaient plus, ses oreilles n'entendaient rien. Il souleva son adversaire, et, d'une violente bourrade, réussit à le faire basculer. Mais l'autre se retenait au pont par les seuls talons, en un ultime réflexe de survie. Dans la mêlée, ses lunettes noires étaient tombées à l'eau, et il dardait sur le vieil homme un curieux regard d'enfant suppliant. Joseph porta alors le coup de grâce. Il n'était plus qu'une bête aux crocs luisants. Sauvagement, il mordit la jambe du Tchèque et sentit sur sa langue le goût du sang. Surpris par la douleur, l'homme relâcha son étreinte désespérée et tomba dans le fleuve. Il se débattit pendant plusieurs secondes sous l'œil vitreux du vieil homme, avant de disparaître au cœur des eaux sombres. Il ne savait pas nager.

Joseph resta interdit. Le soleil implacable faisait briller l'asphalte et dissolvait le goudron des rues. Une jeune fille passa lentement à bicyclette. Elle gratifia le vieillard d'un sourire poli. Dieu, qu'elle était fraîche et jolie... Où se trouvait-il, déjà? Et que faisait-il ici? La mémoire lui revint en une brusque rafale. Il sonda fébrilement l'eau noire de ses yeux écarquillés. Peut-être devait-il plonger ou appeler au secours... Mais personne n'avait rien vu. Il étouffa vite sa bouffée de charité et ne bougea pas un muscle. Il flottait encore dans une étrange hébétude, mais commença progressivement à mesurer l'horreur de son geste. L'homme n'était pas réapparu.

JEUDI 30 JUILLET

Igor Ulice ôta sa casquette et s'épongea le front. Quel été pourri! Cette année, la chaleur accablante ne laissait même pas percer un filet d'air pur. Il faisait si lourd que le ciel lui-même restait obstinément gris, dans l'attente sans cesse déçue d'une pluie salvatrice.

D'un geste épuisé, il s'essuya les paumes sur son pantalon kaki, avant de soulever délicatement la couverture. Le cadavre était encore intact. La mort devait donc être récente. Des gamins avaient repêché le corps en début de matinée, et Igor avait vite été envoyé sur place par son supérieur. Pour son plus grand malheur. Ce policier craignait par-dessus tout la vue du sang et ne supportait pas de toucher un cadavre. Dieu seul savait quelles sombres histoires se cachaient derrière le visage figé des morts. Celui-ci était terriblement jeune. Il ne devait pas avoir plus de trente ans. Le Tchèque soupira, surmonta sa répulsion et s'agenouilla pour fouiller l'inconnu. Malgré la canicule, il était étrangement froid. Il est vrai que les eaux de la Moldau étaient réputées pour leur fraîcheur. Le courant y était si fort que le soleil n'avait pas le temps d'agir. Un Frigidaire gratuit, où les pique-niqueurs avaient l'habitude d'immerger leurs bouteilles de vin.

L'homme était vêtu d'un complet-veston coûteux. S'il

était d'ici, c'était un homme riche. Igor lui fit les poches, mais en vain. Comment était-ce possible ? Il n'avait aucun papier sur lui. Rien. Pas même un mot griffonné. Pas un souvenir. Pas une chaîne autour du coup. L'avait-on déjà dévalisé ?

Par zèle policier, il voulut vérifier une nouvelle fois et, surmontant sa répugnance, décida une fouille au corps.

Il avait au préalable chassé les curieux et se trouvait seul dans une petite cabane de pêcheurs, qui servait de remise pour le matériel. Alentour régnait une odeur pestilentielle de poisson séché. Igor effleura le cadavre et sentit sous ses doigts la peau douce et caoutchouteuse. Il n'en fallut pas plus pour le rendre malade. Une nausée irrépressible lui fouilla l'intestin, et il dut sortir sur le quai pour vomir contre un arbre. Les enfants agglutinés autour de la cabane reculèrent avec dégoût. Le policier ne leur jeta même pas un regard. Tout de suite, il revint à son ouvrage et referma soigneusement la porte sur lui.

D'une forte poussée, il retourna le corps raidi, qui se retrouva sur le ventre.

Le visage du mort sembla s'écraser sur le sol, et ses yeux grands ouverts fixèrent bêtement la terre battue. Igor remarqua alors un petit étui enfoncé dans la ceinture. Il le retira avec précaution. C'était un minuscule portefeuille de cuir. Le policier en détailla le contenu : des dollars américains, quelques couronnes tchécoslovaques et une carte de crédit dans une langue étrangère. Ça, c'était une piste. Il scruta le rectangle plastifié et sortit un calepin. Son visage était brûlant, et des cernes creusaient ses yeux bleus.

Le mort se nommait donc Joseph Frey. Il était âgé d'environ trente ans. Et il était français.

Igor Ulice bâilla. Sans doute l'homme avait-il trop bu. A un si jeune âge, c'était pitié de mourir noyé, mais que pouvait-on contre le destin ? A aucun moment, il ne lui vint à l'esprit qu'il pût s'agir d'un pickpocket.

Il traîna à grand peine le cadavre jusque dans la Skoda surmontée d'un gyrophare, le coucha sur le siège arrière et se dirigea vers le commissariat central. Somme toute, l'affaire était banale.

VENDREDI 31 JUILLET

Il était presque vingt et une heures trente. Quelque part du côté de la fréquence 107,8, une radio libre diffusa une simple liste de noms, et un peu partout dans Paris, des gens écoutèrent, perplexes ou amusés. Mais lorsque vint la fin du programme, ils purent entendre un nouveau message, lapidaire et définitif :

« C'était la liste du vendredi 31 juillet 1981. Il n'y aura pas d'autres émissions. Au revoir, merci. »

Et la voix fit place à la neige.

DU MÊME AUTEUR

Les ennemis du système, Robert Laffont, 1989
Extrême-droiten, François Bourrin, 1991
Les faux messies, Fayard, 1993

La composition de cet ouvrage
a été réalisée
par
In Folio
75003 Paris